THE PIANO LESSON

AUGUST WILSON

ピアノ・レッスン

オーガスト・ウィルソン

桑原文子［訳］

AYAKO KUWAHARA

JIRITSU-SHOBO

ピアノ・レッスン

■登場人物

ボーイ・ウィリー（三十歳）　ミシシッピで農業をしている男
ドーカー（四十七歳）　ボーイ・ウィリーの叔父、列車のコック
ライモン（二十九歳）　ボーイ・ウィリーの友だち
バーニース（三十五歳）　ボーイ・ウィリーの姉
マレーサ（十一歳）　バーニースの娘
エイヴリー（三十八歳）　説教師
ワイニング（五十六歳）　ボーイ・ウィリーの叔父、ピアニストでギャンブラー
グレース　ボーイ・ウィリーとライモンが酒場で出会った女

綿繰り機をまわせ
種を売れ
なんでも買ってやるぞ
俺のベイビーには

スキップ・ジェイムズ[*1]

セット

舞台となるのはドーカー・チャールズの家の台所と客間である。

この家には、ドーカーと姪のバーニースと彼女の十一歳の娘、マレーサが住んでいる。家具は少ししかない。女性が住んでいる気配がたしかにするのだが、家庭のあたたかさや活気はない。二階はバーニースとマレーサが使っている。ドーカーの部屋は台所に面していて、よく見える位置にある。古いアップライトピアノが客間にでんと置いてある。ピアノの脚には、トーテムに似た仮面のような人物像が、アフリカの彫刻風に刻まれている。その彫刻のもつ優雅さと力強い独創性は、単なる職人芸を超えて、芸術の域に達している。上手に二階へ通じる階段がある。

一幕

一幕一場

ライトがドーカーの家に当たり始める。朝五時だ。夜が明けようとしているが、まだ夜の気配も残っている。あたりの静寂には、嵐に似たものが発生し、勢力を増して、結集してくる感じが潜んでいる。ドアを大きくノックする音。

ボーイ・ウィリー　（オフステージで呼びながら）ヘイ、ドーカー……ドーカー！（再びノックして、呼ぶ）ヘイ、ドーカー！　ヘイ、バーニース！　バーニース！

ドーカーが自分の部屋から登場。痩せて背が高く、厳しい顔つきの四十七歳の男。列車のコックとしてフルタイムの仕事に就いてはいるが、どこから見ても世間から引退した者のようなようすをしている。

ドーカー　誰だね？

ボーイ・ウィリー　オイ、開けろってば！　俺だよ……ボーイ・ウィリーだ！

ドーカー　誰だって？

ボーイ・ウィリー　ボーイ・ウィリーだってば！　開けろよ！

ドーカーはドアを開ける。ボーイ・ウィリーとライモンが入ってくる。

ボーイ・ウィリーは三十歳。彼には思わず釣りこまれそうな笑顔と、名前のとおりの少年っぽさがある。がむしゃらで、衝動的で、おしゃべりで、話し方や態度がどことなくぞんざいだ。

ライモンは二十九歳で、ボーイ・ウィリーの仲間である。口数は少ないが、その率直さは人の心を和ませる。

ドーカー　ここで何してるんだ？

ボーイ・ウィリー　なっ、ライモン、言ったとおりだろう。ライモンはおじさんがまだ寝てるかもしれないって言ってたんだよ。こいつがライモン。うちの田舎のライモン・ジャクソン、憶えてる？　これがドーカーおじさんだ。

ドーカー　ここで何してるんだね？　まったく誰かと思えば。おまえはまだミシシッピにいるんだと思ってたよ。

ボーイ・ウィリー　俺とライモンでスイカを売るんだよ。あそこにトラックを停めてきた。トラックいっぱいスイカを積んで、ここまで売りに来たのさ。姉貴はどこだい？（呼ぶ）ヘイ、バーニース！

ドーカー　二階で寝てるよ。

ボーイ・ウィリー　そうか、じゃ起こしてよ。（呼ぶ）ヘイ、バーニース！

ドーカー　あの子は朝から仕事に行かなくちゃならないんだよ。

ボーイ・ウィリー　そいじゃ、起きてきて、「こんちは」ぐらい言ってもいいよな。三年も会ってないんだから。（呼ぶ）ヘイ、バーニース！　俺だ、ボーイ・ウィリーだよ。

ドーカー　こんな時間に、大声で呼ばれたら迷惑だよ。朝から働きに行くんだから。

ボーイ・ウィリー　また寝ればいいじゃないか。俺たち二日もトラックに乗って来たんだ……起きて、挨拶ぐらいしても罰はあたらないさ。

ドーカー　（窓から外を見て）あのトラックはどこで手に入れたんだね？

ボーイ・ウィリー　ライモンのなんだ。俺がスイカを積んでここまで運ぼうって言ったのさ。

ライモン　ボーイ・ウィリーは田舎に帰るって言ってるけど、俺はここに残るつもりだ。こっちのようすも知りたいからね。

ボーイ・ウィリー　まず俺を連れて帰ってからにしろよ。

ライモン　言っただろう、いったん戻って、また壊れるかもしれないトラックに乗って来るなんていやだって。おまえは汽車で帰れ。ねえ、ドーカー、汽車で帰れって言ってやってくれよ。スイカが売れたら、金がたっぷり入るから、一両貸し切りにだってできる。

ドーカー　目いっぱいスイカを積んだんじゃ、トラックが壊れても不思議はないな。あんなに積んでよくこんな遠くまで来られたって、びっくりしてるとこだ。どこで故障したんだい？

ボーイ・ウィリー　三回も故障してさ！　ここまで二日半もかかった。取りたてのスイカでよかったよ。

ライモン　ウエストヴァージニアで二回止まった。最初なんか、サンフラワーを出たばっかりのところだった。出てから四十マイルで故障さ。修理して、ウエストヴァージニアまで持たせたところで、また壊れてさ。

ボーイ・ウィリー　水をもらいに五マイルも歩いたんだぜ。

ライモン　ラジエーターに穴が開いてるんだけど、けっこうよく走った。何度も踏まなきゃブレーキがかからないけどね。ブレーキが効かないときは、ボーイ・ウィリーがドアを開けっ放しにしておいて、外に体をぐいと倒してブレーキにするんだ。

ボーイ・ウィリー　ライモンったら、それがおもしろいだって。ブレーキが直せたら、十ドルやるって言ったんだ。だけどこいつは、おもしろがってるんだからな。

ライモン　修理なんかしなくていいんだ。ブレーキがかかるまで、ガンガン踏めばいいのさ。

バーニースが階段に現れる。彼女は三十五歳で、十一歳の娘がいる。夫の死後三年たったが、まだ喪服を着ている。

バーニース　なんでそんな大声出してるの？

ボーイ・ウィリー　やあ、バーニース。ドーカーは姉ちゃんがまだ寝てるって言ってたけどさ、俺は起きて、挨拶ぐらいしたって罰はあたらないと思ったんだ。

バーニース　まだ朝の五時じゃない。こんな大きな音たてて入ってきて。普通の人みたいに静かに入って来られないんだから。あんたはいつも騒々しいんだね。

ボーイ・ウィリー　ちぇっ、家に着いて、挨拶しただけじゃないか。まだちゃんと家のなかに入ってもいないよ。

バーニース　それが困るの。あんたドアにたどり着くといきなり大声を出して、わめきっぱなしじゃない。

ボーイ・ウィリー　ふん、姉ちゃん、俺はドーカーに会って嬉しかったんだよ。降りて来たくなかったら来なくたってよかったんだ。俺は姉ちゃんに会いに千八百マイルもやって来たんだぜ。そういう俺のためなら、起きて、挨拶ぐらいしたいだろうって思ったのさ。いやなら二階に戻ればいいんだ。飲むものある、ドーカー？　酒はどこ？　俺たち一杯やりたいんだよ。（バーニースに）こいつがライモン。田舎のライモン・ジャクソンだ、憶えてるよな。

ライモン　やあ元気かい、バーニース。

バーニース　あんたたち、そろってどうして大声でわめきながら来なくちゃならないの？　近所の人まで起こしちゃって。

ボーイ・ウィリー　そいつらもこっちに来て、一緒にパーティすればいいよ。俺たちパーティするつもりなんだ。ドーカー、酒はどこ？　俺とライモンは祝杯をあげるんだ。イエロードッグ[*2]の幽霊がサターをやっつけたんだからな。

バーニース　なんだって？

ボーイ・ウィリー　ライモンにも訊いてみろよ、サターのやつ、つぎの朝になって見つかったんだ。自分の井戸で溺れたんだとさ。

ドーカー　いつのことだ？

ボーイ・ウィリー　三週間ぐらい前。俺とライモンはストーナー郡でその話を聞いた。笑っちゃったよ。おっかしくってさ。三百四十ポンドもある大男が、てめえの井戸に落ちるなんて。

ライモン　ハンプティ・ダンプティそっくりだよ。

ボーイ・ウィリー　イエロードッグの幽霊が、やつを突き落としたんだって、みんなが言ってるよ。

バーニース　そんなバカなことを言って。そこにいた人が井戸に突き落としたんでしょ。

ドーカー　おまえたち、ストーナー郡で何してたんだ？

ボーイ・ウィリー　仕事だ。そこにライモンの親戚がいるんでね。

ライモン　いとこが土地を持ってるから、俺たち、手伝ってたんだ。

ボーイ・ウィリー　百エーカー近くあるな。見事に手入れしててね。俺たちはそこで木を伐ってたんだ。ライモンのトラックを使って材木を運んでさ。そのあたりの材木を運んだんだ。（バーニースに）あそこにトラックいっぱいスイカ積んで来てるんだよ。

バーニースは客間の窓のほうに行く。

ボーイ・ウィリー　ドーカー、酒はどこ？　部屋に酒を置いてることぐらいわかってるよ。ほら、俺たち一杯やりたいんだ。

ドーカーは自分の部屋に行く。

バーニース　あのトラックどこで手に入れたの？
ボーイ・ウィリー　ライモンのだって言っただろ。
バーニース　ライモン、どこで手に入れたの？
ライモン　買ったんだよ。
バーニース　ボーイ・ウィリー、どこでライモンはトラックを手に入れたの？
ボーイ・ウィリー　ライモンは買ったんだって言っただろう。百二十ドルでさ。どこでその百二十ドルを手に入れたかは、知らない……とにかく、こいつはあのポンコツをヘンリー・ポーターから買ったんだ。（ライモンに）おい、おまえどこで百二十ドル手に入れたんだ？
ライモン　おまえとおんなじやり方でだよ。金の扱いぐらい心得てらあ。

ドーカーが酒ビンを持ってきてテーブルに置く。

ボーイ・ウィリー　おっと、ドーカーは上もののウィスキーを持ってるぞ。ライモンにはやっちゃダメだ。いいウィスキーなんか飲んだことないから、気持ち悪くなるかもしれないからな。
ライモン　俺だっていいウィスキーぐらい飲んだことがある。
ボーイ・ウィリー　ライモンは寝るところが欲しくて、あのトラックを買ったのさ。あっちじゃ、こいつはちっとも仕事してなかった。保安官に追っかけられていたんでね。保安官を避けようと買ったんだ。ストーヴァルにも追われてるし。トラックで寝て、ふたりをかわしてたんだ。姉貴のところに行こうって俺が誘ってやったんだよ。

バーニース　ライモン、なんで保安官に追われてるの？

ボーイ・ウィリー　男には内緒にしときたいことだってある。こいつは俺の仲間だよ。こいつだって姉ちゃんのことを、根ほり葉ほり聞いたりしてないじゃないか。

ライモン　なんでもないんだ。ただの誤解だよ。

バーニース　この人はあたしの家にいるんだからね。保安官に追われてるって聞いたから、その理由が知りたいんじゃない。それがいやならふたりとも、誰にも何も訊かれないような場所に帰ればいいでしょ。

ライモン　ただの誤解なんだ。俺と保安官はたまに考え方が違う。するとお互い邪魔になるんだよ。

バーニース　あのトラックのことで追っかけられてるのかもね。盗んだんじゃないの？

ボーイ・ウィリー　おい、トラックなんて盗んでないよ。ライモンが買ったって言っただろう。

ドーカー　ふたりとも盗んだトラックにスイカを積んで、こんなところまで来るほどバカじゃあるまい。まあ、スイカは盗んだかもしれないけど、トラックは盗んでないな。

ボーイ・ウィリー　よく知りもしないで泥棒呼ばわりするんだもんな。スイカだって盗んでないよ。ピッターフォードじいさんのスイカだ。俺たちに十ドルで積めるだけ積んでいいって言ったんだよ。

ドーカー　そうか、それで山積みにしたんだな。間違いなく五百個はある。

バーニース　あんたたちいつ帰るつもり？

ボーイ・ウィリー　ライモンは残るって。俺はスイカが売れたらすぐ帰る。
バーニース　（階段のほうへ退場しようとする）それがいちばんよ。それもできるだけ早くね。家に来て大騒ぎして。ここで騒々しくして欲しくないの。マレーサが目を覚まさないのが不思議よ。
ボーイ・ウィリー　ちょうどあの子を呼ぼうと思ってたところさ。（呼ぶ）ヘイ、マレーサ！
ドーカー　バーニースは今、静かにしていて欲しいんだよ。
バーニース　起こしちゃだめよ！
ボーイ・ウィリー　じゃあ上に行って……おじさんが来てるって起こして来いよ。三年も会ってないんだ。起こして下に来るように言ってよ。あとでまた寝ればいいんだから。
バーニース　あの子は寝かせておくの……大きな声で騒がないで。あんたたちはスイカを売って帰ればいいの。

バーニースは階段から退場。

ボーイ・ウィリー　まだ姉ちゃんはかっこつけてるんだな。
ドーカー　あれでいいんだよ、バーニースは。おまえにやかましくして欲しくないだけさ。マレーサが上で寝てるんだ。目が覚めるまで寝かしておきなよ。それから会えばいいんだから。
ボーイ・ウィリー　姉ちゃんのことはもういいよ。ワイニングはどうしてる？　クリオーサが死んだんだってね。

ドーカー　ああ、そうだってな。ワイニングのやつは一年ほど前にここに来た。袋にいっぱい金を詰めてな。二週間ぐらいいた。一銭も出さないでさ。バーニースが食べ物を買うんで三ドルくれって言ったら、怒って出てった。

ライモン　ワイニングって誰だい？

ボーイ・ウィリー　俺の叔父貴だ。ドーカーの兄貴。俺がワイニングの話をしたのおぼえてるだろう。ピアノ弾きだ。レコードなんかも出したことがある。まだつづけてるのかな？

ドーカー　ずっと前に一、二枚レコードを出した。俺が知ってる限りそれだけだ。やつに言わせりゃ大スターだって言うだろうけどな。

ボーイ・ウィリー　うちのほうに二年ぐらい前に立ち寄ったそうだ。よく知らないけどね。俺とライモンは三年間、パーチマン囚人農場[*3]送りだったからな。

ドーカー　やつはひとつところに腰を落ち着けたためしがない。そう、八か月前にはここにいた。冬に帰って行った。これからまた二年ぐらいは来ないかもしれない。それぐらいの間、顔を見せなくても驚かないな。

ボーイ・ウィリー　袋いっぱい金を持ってたんなら、二度と姿を見せないかもな。からっけつになるまで来ないんだろうさ。袋の金が尽き次第、ドアを開けると戸口に立ってるってことになる。

ライモン　（ピアノに気づき）あれがピアノか？

ボーイ・ウィリー　うん……見ろよ、ライモン。びっしり彫刻してあるだろう。あのことを言ってたんだよ。わかるか、すごくきれいに彫って、ぴかぴかに磨いてあるだろう。こんなピアノはほかにはない。

ライモン　そうだな、ほんとにすごいや。

ボーイ・ウィリー　言ったとおりだろう。よく磨いてあるだろう？　おふくろが毎日磨いてたんだ。彫ってある絵が見えるかい？　この話をしてたんだ。このピアノならいい値がつくぞ。

ライモン　ここに来る間ずっとボーイ・ウィリーはそのことばっかり言ってたんだ。ピアノの話は聞き飽きた。

ボーイ・ウィリー　おまえときたら女の話ばっかりしたがってさ。ドーカー、あんたも一度聞いてみろよ。ここに来たらものにするつもりの女を数え上げて。あっちじゃひとりも相手がいなかったのに、ここに来たら、もてまくるつもりなんだから。

ドーカー　家族は元気かね、ライモン？

ライモン　うん、元気だ。まだ南部にいる。俺は北部がどんなか見に来たんだけどね。ボーイ・ウィリーは俺に、一緒に帰って農業させたがってるんだ。

ボーイ・ウィリー　サターの弟が土地を売りに出した。俺に売るつもりだって言うんだ。だからここに来たんだよ。手持ちの金が少しある。それにスイカを売った金を足してね。姉ちゃんにピアノを売らせて、残りの金を作るんだ。

ドーカー　バーニースはピアノを売らないよ。

ボーイ・ウィリー　姉ちゃんと話をする。俺がサターの土地を自分のものにできるってわかったら、考えを変えるよ。

ドーカー　そんなこと考えても無駄だね。バーニースはピアノを売らないよ。

ボーイ・ウィリー　俺は姉ちゃんと話をする。姉ちゃんはこれを弾いてるのかい？

ドーカー　バーニースはピアノには触ろうとしないって知ってるだろう。オーラかあさんが死んでからは一度も触ったことがない。あれから七年以上もたつ。ピアノに血がしみついてるって言ってるんだ。でも、マレーサには弾かせてるけどね。マレーサには自分ができなかったことを、なんでもやらせるつもりなんだ。アイリーン・カウフマン託児所で特別授業も受けさせてる。マレーサに大きくなったら先生になって欲しいんだって。ピアノの先生になれるぐらい筋がいいそうだ。

ボーイ・ウィリー　マレーサはなにもピアノを弾かなくたっていいさ。ギターでいいよ。

ドーカー　サターはどれくらい土地を残したんだ？

ボーイ・ウィリー　百エーカー。いい土地だ。サターは切り売りしてきたんだが、いい土地は自分用にとっておいた。今度はこれが売りに出る。やつの弟が葬式にシカゴから来たんだけど……そいつはシカゴでソーダ水売場の設備かなんかの仕事してるんだって。そいつが土地を売りたがってるんだよ。土地のことで煩わされたくないんだ。俺を呼びつけて、家族同士長いこと知り合いだし、お互い仲良くやってきたし、まあ、そんなわけで俺に土地を売りたいって言うんだ。どうせなら、俺の土地になるほうが、ジム・ストーヴァルのものになるよりましだって。キャッシュで二千ドルで俺に売ってやるだとさ。ストーヴァルは千五百ドル以上は出す気がないと、俺は調べてあるんだ。やつはそうとも知らずに、特別のはからいをしてやるとか恩に着せて、俺から五百ドル余分に引き出そうとしてる。とにかく俺は丁寧に礼を言っておいた。サターがどんなにいい人だったかとか、俺がどれくらい気の毒に思っているかとか並べて、二週間だけ待ってくれって頼んだんだよ。やつは待つと言った。それで俺はここに来たんだ。スイカを売ってさ。バーニースにあのピアノを売らせる。それと俺が貯めたのを一緒にするんだ。やつのところに行くだろう。帽子に手をやって挨拶する。テーブルに金を置く。俺の証書を持って、外に出るんだ。そうなると今度は、綿を全部自分で管理することになるな。人を雇って俺の仕事を手伝わせてさ。綿を綿繰り機にかける。種を採る。そしたら来年また会いに来るよ。タバコやオート麦も植えるかな。

ドーカー　バーニースにあのピアノを売らせるのは大ごとだぜ。南部にいたエイヴリー・ブラウンを知ってるだろ？　やつは今こっちに来てるんだ。クローリーが殺されたんで、バーニースと結婚しようと追っかけて来たんだ。こっちに来て二年ほどになる。今じゃ自分で説教師だって言ってるけどな。

ボーイ・ウィリー　エイヴリーなら知ってる。やつがウィルショーの農場で働いてたときから知ってるよ。ライモンも知ってるさ。

ドーカー　やつはバーニースと結婚しようとしてる。あの子はずっとノーと言ってるんだけど、あきらめない。まだずっと口説いてるんだよ。

ボーイ・ウィリー　エイヴリーは白人なら誰でも大物だと思ってる。白人でもやつより貧しいのがいるのも知らないんだから。

ドーカー　今朝ここに寄ることになってるんだよ。バーニースも一緒に銀行に行って、やつが教会を始めるためのローンが借りられるかどうかやってみるんだ。それでさ、俺はバーニースがピアノを売らないつもりだってわかったんだ。つまりエイヴリーもあの子にピアノを売って、教会を建てるのを手伝ってもらおうとしたんだよ。人まで寄こしたりして。

ボーイ・ウィリー どんな人を?

ドーカー 楽器が買いたくて、黒人の家をまわって漁ってる白人がいるんだよ。なんでも買うんだ。ドラム。ギター。ハーモニカ。ピアノ。エイヴリーがそいつを寄こしたんだが、ピアノを見ると舞い上がっちゃってさ。バーニースにいい値段を言ったらしい。あの子はそいつを追い返して、そんなやつを寄こしたってエイヴリーに文句を言ってた。二週間もそいつはねばってたな。あの子が売る気がないってわかると、その気になったらいちばんに連絡してくれって、電話番号を教えてた。誰よりもいい値をつけるって言ってな。

ボーイ・ウィリー いくらって言ったんだい?

ドーカー 俺のことはわかってるだろうが。あの子は言わない、だから俺も訊かない。いい値段だったってことだけ知ってる。

ライモン そいつが誰だか調べ出して、ほかに買いたがっている人がいると言ってやればいいんだよ。誰に売ったらいいか迷ってるって言うんだ。もしそいつがドーカーの言うとおりのやつなら、おまえの言い値で買うよ。

ボーイ・ウィリー そのとおりだ。エイヴリーにそいつのことを訊いてみよう。

ドーカー そんなことしたって無駄だ。バーニースはあのピアノを売らないよ。

ボーイ・ウィリー 姉ちゃんが売らなくたっていいんだよ。俺が売るからさ。俺にも姉ちゃんと同じだけの権利はあるんだから。

バーニース　（オフステージ、大声で叫ぶ）あっちに行け！　ドーカー、助けて！

ドーカー　（呼びながら）バーニース？

ドーカーとボーイ・ウィリーが階段に急ぐ。ボーイ・ウィリーは階段を駆け上がり、走って入場するバーニースとすれ違う。

ドーカー　バーニース、どうした？　大丈夫か？　どうしたんだ？

バーニースは息をつこうとしている。話すことができない。

ドーカー　大丈夫だよ。あわてないで。大丈夫だ。どうしたんだい？（呼んで）どうだ、ボーイ・ウィリー？

ボーイ・ウィリー　（オフステージで）ここには誰もいないぞ。

バーニース　サターが……サターが階段のいちばん上に立っていたわ。

ドーカー　（呼ぶ）ボーイ・ウィリー！

ライモンは階段のほうへ行き、見上げる。ボーイ・ウィリーが階段から登場。

ボーイ・ウィリー　ねえ、ドーカー、姉ちゃんはどうしたんだろう？　バーニース、どうした？　誰に向かってしゃべってたんだ？

ドーカー　サターの幽霊が階段のいちばん上に立ってるのを見たんだって。

ボーイ・ウィリー　何を見たんだって？　サターか？　サターなんて見るはずないよ。

バーニース　ちょうどそこに立ってたのよ。

ボーイ・ウィリー　（階段のところで）それは姉ちゃんの思い込みだね。誰もいないんだから。ドーカー、行って見てこいよ。

ドーカー　おまえの言うとおりだとは思うけどね。ただ、バーニースも自分が見た話をしているんだよ。サターの幽霊が階段のいちばん上に立っていたんだって。でっちあげてるわけじゃないだろう。

ボーイ・ウィリー　二階で夢でも見てたんじゃないの。幽霊なんか見たはずないよ。

ライモン　バーニース、水でも飲む？　水を持ってきてやれよ、ボーイ・ウィリー。

ボーイ・ウィリー　水なんか要らないだろ。何も見ちゃいないんだから。行って見てこいよ。上にはマレーサしかいないよ。

ドーカー　バーニースにしゃべらせてやれ。

ボーイ・ウィリー　邪魔なんかしてないよ。

ドーカー　何があったんだい、バーニース？

バーニース　ここに降りて来ようと部屋を出たら、サターが廊下に立っていたの。
ボーイ・ウィリー　どんなふうだったね？
バーニース　サターの格好よ。いつものとおりのね。
ボーイ・ウィリー　サターときたらビッグ・サンディからリトル・サンディの行き方もわからなかったんだぞ。そんなやつがどうやってピッツバーグまで来られるんだよ？　あいつはピッツバーグなんて聞いたこともなかったさ。
ドーカー　バーニース、それで？
バーニース　青いスーツを着て、ただ立ってたの。
ボーイ・ウィリー　あいつ、生きてるときにはマーリン郡を出たこともないくせに……死んだらわざわざこんなところまでお出ましかい？
ドーカー　全部言わせてやれよ。俺はこの子の話を聞きたいんだから。
ボーイ・ウィリー　いいか。もし姉ちゃんが思っているとおり、本当にサターを見たんだったら、姉ちゃんはまだ逃げまわってるはずだね。
ドーカー　バーニース、つづけなよ。ボーイ・ウィリーなんか気にしないで。
バーニース　サターはそこに立っていた……頭の上に手を置いて。まるで手を離したら、頭が落っこちるって思ってるみたいに。
ライモン　帽子をかぶってた？
バーニース　青いスーツだけ……あっちに行けって言ったのに、あたしを見ながら突っ立ったまま……

ボーイ・ウィリーの名前を呼びながらね。

ボーイ・ウィリー　なんだって俺の名前なんか呼ぶんだよ？

バーニース　きっとあんたが井戸に突き落としたんだわ。

ボーイ・ウィリー　それはどういう意味だい？　姉ちゃんが言いたいのは、俺がやつのところに行って、やつが飼っている犬だのなんだのがいるのにさ、草むらに隠れて、待ち伏せして……やつがちょうどうまく井戸をのぞき込んだところを狙って……走って行って突き落としたっていうことだな。三百四十ポンドもある大男をさ。

バーニース　じゃあ、なぜサターはあんたの名前を呼んだりするの？

ボーイ・ウィリー　おい、やつはかがんで井戸をのぞき込んでたんだぞ……誰が押したかなんて、どうしてやつにわかるんだ？　誰が襲ったとしてもおかしくないじゃないか。サターが井戸に落ちたとき、姉ちゃんはどこにいたんだよ？　ドーカーはどうだ？　俺とライモンはストーナー郡にいた。そうだよな、ライモン。やつはイエロードッグの幽霊にやられたんだよ。それが真相さ。

バーニース　イエロードッグの幽霊のせいにしたいんなら、すればいい。でも、あたしはだまされないからね。

ライモン　イエロードッグの幽霊が突き落としたんだよ。みんなそう言ってる。やつが井戸のなかで見つかって、みんながイエロードッグの幽霊の仕業にちがいないって言った。ほかのやつらがやられたときと同じにね。

ボーイ・ウィリー　サターが俺を探しに来ただなんて。なんでわざわざこんなところまで来るんだよ？

俺に用なら待ってればいいじゃないか。そのほうが探す手間がはぶけるよ。姉ちゃんの妄想さ。まったく、つぎにどんな言いがかりをつけるかわかったもんじゃない。

バーニース あんたたちにさっさと出て行って欲しいの。どこへでも行きなさいよ。どこに行っても面倒ばっかり起こして。あんたがいなければ、クローリーだってまだ生きていられたのに。

ボーイ・ウィリー クローリーがどうしたって？ クローリーが殺されたことに、俺は関係ないよ。あいつだって一人前の大人だったんだ。自分の考えでしたことだよ。

バーニース とにかく出て行ってよ。サターには別のところであんたを追いかけさせなさい。

ボーイ・ウィリー 出て行くとも。スイカさえ売れればすぐにな。だけど、それまではどこにも行かない。ちぇっ、着いたばっかりじゃないか。サターが俺を探してるなんて言ってさ。サターはあのピアノを探してるんだ。やつが探してるのはピアノだよ。やつは死ななくちゃピアノがどこにあるかわからなかったんだ……俺ならそんなピアノは放り出すな。サターの幽霊を追っぱらうには、それがいちばんだ。あのピアノを放り出せ。

バーニース あたしはね、こういうごたごたを持って、この家から出て行って欲しいの！

ボーイ・ウィリー ドーカー、言ってやってくれよ。まったくどういう意味だよ？ ライモン、言っただろう、バーニースは俺の顔を見ると、すぐいちゃもんつけ始めるって。言ったとおりだろう？ 俺を家から追い出したくて、案の定、サターの話をでっち上げてさ。ふん、俺はスイカを売るまではどこにも行かないぞ。

バーニース それじゃ外に行って売ればいいじゃない！ 売って、帰りなさいよ！

ボーイ・ウィリー　みんなが起き出すまで待ってるんじゃないか。

ライモン　ボーイ・ウィリーはね、あまり早くから出て行って、みんなを起こしてしまうと、怒って買ってくれなくなるって思ってるんだ。

ドーカー　待つといっても長いことじゃない。もう太陽だって昇ってきた。このあたりじゃ、みんな起きるころだ。

バーニース　ねえ、ドーカー、一緒に上に来て。マレーサを起こして、支度させるんだから。あたしも支度をしなくちゃ。ボーイ・ウィリー、外に行って、スイカを売って、それからライモンとこの家から出て行きなさい。

バーニースとドーカーが階段から退場。

ボーイ・ウィリー　（ふたりに呼びかけて）上にサターがいたら……俺が下で待ってるって言ってくれ。

ライモン　彼女がまた、サターを見たらどうするんだい？

ボーイ・ウィリー　姉ちゃんの妄想だよ。上に幽霊なんていやしない。（叫ぶ）ヘイ、ドーカー……上には何もいないって言っただろう。

ライモン　俺を探してたなんて言われなくて助かった。

ボーイ・ウィリー　俺はサターの幽霊に会いたかったな。チャンスさえあれば、やつをぶちのめしてやりてえ。

ライモン　俺とここにいようぜ。おまえがやつの土地で働いてたら……やつはしょっちゅう、おまえを探しに来るかもしれない。

ボーイ・ウィリー　サターなんて目じゃない。俺はここにいる気はないよ。おまえは残れ。俺は帰ってサターの土地を手に入れるんだ。ここなら働かなくてもすむって思ってるんだろう。おまえは、ここが乳と蜜の流れる神さまの約束の土地だって思ってる。でもな、俺は働くのは平気だ。俺は帰って、あの土地を隅から隅まで耕すんだ。

ドーカーが階段から登場。

ボーイ・ウィリー　ドーカー、上には何もないって言っただろう。姉ちゃんが勝手に思い込んでるだけだ。

ドーカー　たしかにバーニースは何かを見たんだよ。あの子は頭がしっかりしてる。そんなことでっち上げるわけがない。サターはスーツを着てたって言ったな。あの子はスーツ姿のサターなんか見たことがないはずだ。きっとやつはスーツを着せられて墓に入れられたに違いない。バーニースはそれを見たってことだ。

ボーイ・ウィリー　それじゃ、姉ちゃんはずっとサターを見てりゃいい。やつが俺にからんでこなければな。

ドーカーは自分の朝食の用意を始める。

ボーイ・ウィリー 俺はあんたのうわさを聞いてるよ、ドーカー。田舎じゃ、女たちがそろってあんたのことを待ってるんだって。あんたの帰りを待ってるんだ。二週間ごとに女を取り替えてたって聞いたよ。あんたと一緒にいたくて、女たちが喧嘩だってな。(ライモンに) ライモン、ドーカーを見ろよ。ほんとのことだって顔に書いてある。

ドーカー 女のことはどうでもいいんだ。俺は女に縛られたことなんかない。コリーンと出会ってからは、ほかの女には用がないな。俺は田舎に戻ったときはジャック・スラタリーの店に泊まる。女たちにしてみれば、きちんと給料が入るやつなら誰でもいいのさ。

ボーイ・ウィリー そうは聞いてないな。二週間ごとに女たちがドレスを着こんで、駅でずらりとお出迎えって聞いてる。

ドーカー あそこには一か月に一度しか行かない。昔は二週間に一度だったがね。しょっちゅう持ち場を変えられるんだ。俺たちみんな、あっちこっち動かされてるのさ。

ボーイ・ウィリー ドーカーは鉄道から離れられないんだよ。俺がまだおしゃぶりを欲しがってよちよち歩きしてたころから、鉄道で働いているんだ。おふくろはドーカーを自慢してたものさ。

ドーカー 今はコックをしてるんだが、昔は線路工夫だった。イエロードッグ線を少しずつ作ったもんだ。線路を一本、一本。そのあたりの線路を全部並べたんだ。サンフラワーとクラークスデイルあたりの鉄道線路はみんなつないだ。ワイニングが一緒に働いて、線路を敷くのを手伝った。六か月働いてやめたっけ。やつはピアノとギャンブルの暮らしに戻ったんだ。

ボーイ・ウィリー　鉄道に入って、どれくらいになる？

ドーカー　二十七年だ。さて、鉄道のことを教えてやろうか。二十七年働いてみてわかったことをな。いいかね、北がある。西がある。こっちを見ると南。むこうには東だ。さあ、どこから出発してもいい。どこにいたってかまわないんだ。東西南北のどれかに進むんだが、どの方角に行くと決めても、そっちに連れて行ってくれる鉄道がある。簡単なことだよな。誰だってわかると思うだろう。でもな、北に行こうとして、西行きの汽車に乗ってる人がびっくりするほどたくさんいるんだよ。こういう人は、汽車は決まった行き先に行くんじゃなくて、自分たちの行きたいほうに連れて行ってくれるはずだって思い込んでるんだ。

さて、どうして人間は旅をするんだろう？　妹が病気だからとか、人を殺してしまわないうちに立ち去ろうとか……すると向かいに、殺されないように逃げ出したやつが座ってたりする。みんな不満があるから旅に出るんだな。誰かに会いに旅に出る。そんなやつらを出迎えるはずの人が誰も駅に来ていないというのを、腐るほど見たよ。ずいぶん見てきた。電報を打ってから出かけるんだが、駅に着いたときには……みんなそいつのことを忘れてしまってるのさ。

あんまりたくさん汽車がそこに集まって来るんで、衝突しないようにするのが大変だ。どんなところに行く汽車だってある。どれもみんなお客を乗せてな。誰かが離れたばかりの土地に、誰かが行く。もし全員が同じ場所にずっといたら、世の中がましになるんじゃないだろうかね。二十七年間、鉄道とかかわってきて俺にわかったことはな……汽車が線路に乗っかっていれば、どこかに着くってことだ。行きたいと思ってる場所じゃないかもしれないけどね。もし違ってたら、座って待ってればいいのさ。汽車が戻って来て、また乗せてくれるんだから。汽車はいつだって動いている。かならず戻って来るんだ。それからな……

ドーカー　ボーイ・ウィリー、そこで何を作ってるんだい？　俺たち腹ぺこなんだよ。

ボーイ・ウィリー　ウィリー通りとカークパトリック通りの交差点のエディの食堂へ行けよ。コーヒーが五セントで、十五セントで卵が二個とソーセージ、オートミールが出る。ビスケットまでつけてくれるよ。

ドーカー　あんたのところのほうがうまそうだな。焼いたパンをちょっぴりくれよ。

ボーイ・ウィリー　ほら……全部やるよ。

ドーカー　ほい、ライモン……一枚欲しいか？

ボーイ・ウィリーはライモンにトーストを一枚渡す。マレーサが階段から登場。

ボーイ・ウィリー　やあ、いい子だね。こっちに来て抱きついておくれ。ボーイ・ウィリーおじさんに抱きついてくれよ。恥ずかしがらないで。見ろよ、ドーカー。この子、大きくなったなあ。ほんとに大きくなった。

ドーカー　ああ、大きくなっただろう。

ボーイ・ウィリー　ねえ、元気かい？

マレーサ　うん。
ボーイ・ウィリー　この前会ったときは、ほんのおチビさんだったよ。俺のこと覚えてるだろう？　南部から来たボーイ・ウィリーおじさんだよ。こっちはライモン。おじさんの友だちだ。スイカを売りに来たんだ。スイカは好き？（マレーサはうなずく）玄関のところにトラックいっぱいスイカを積んでる。好きなだけあげるよ。何してたの？
マレーサ　なんにも。
ボーイ・ウィリー　ほら、恥ずかしがらないで。ずいぶん大きくなったなあ。いくつになった？
マレーサ　十一。もうすぐ十二になるの。
ボーイ・ウィリー　ここは好きかい？　北部は好き？
マレーサ　うん、まあね。
ボーイ・ウィリー　こいつがライモンだよ。ライモンに挨拶した？
マレーサ　ハーイ！
ライモン　やあ、ママにそっくりだね。あんたがおしめをしているころを覚えてるよ。
ボーイ・ウィリー　南部までおじさんに会いに来てくれるかな？　ボーイ・ウィリーおじさんは農場を買うんだよ。昔からある大きな農場をね。おいでよ、ラバの乗り方を教えてあげるから。ニワトリの絞め方だって教えるよ。
マレーサ　ママがしてるの見たことあるよ。
ボーイ・ウィリー　たいしたことないんだよ。首をつかんで、ひねればいいだけさ。しっかりつかんでね、それから首をねじって、そして鍋に入れて、煮るんだ。するとごちそうの出来上がり。何が食べたい？　どんな食べ物が好きなの？

マレーサ　なんでも好きだけど……ササゲ豆だけは苦手。

ボーイ・ウィリー　ドーカーおじさんから聞いたけど、ママがピアノを習わせてるんだって？　ほら、何か弾いてよ。

ボーイ・ウィリーはピアノのほうに歩いて行く。マレーサがついて行く。

ボーイ・ウィリー　上手に弾けるかおじさんにみせてよ。さあ、さあ。ボーイ・ウィリーおじさんが十セントあげるから……何が弾けるのかな。恥ずかしがらないで。恥ずかしがったらおかしいって、十セント玉が言ってるよ。

マレーサが弾く。初心者が誰でも最初に習う曲だ。

ボーイ・ウィリー　いいかい、教えてあげるよ。

ボーイ・ウィリーが座り、簡単なブギ・ウギを弾く。

ボーイ・ウィリー　わかる？　おじさんのしていることがわかる？　これがブギ・ウギ。いいかい……立って、曲に合わせて踊れるよ。それがいい音楽の証拠さ。踊りたくなるんだ。音楽に合わせて踊れるんだよ。うきうきしてきてね。すぐに曲に合わせて、どんなダンスだって踊れるんだ。どう？　やり方がわかったかな？　なんてことはないんだよ。さあ、やってごらん。

マレーサ　楽譜がないもん。

ボーイ・ウィリー　楽譜なんて要らないよ。さあ、おじさんがやったみたいに弾けばいいんだよ。

バーニース　マレーサ！　二階に来て、遅刻しないように出かける用意をしなさい。お客さんがいるからなんて言ってもだめよ。

マレーサ　行かなくちゃ。

ボーイ・ウィリー　おじさんがギターを買ってあげる。ドーカーおじさんに弾き方を教えてもらいなよ。ギターは楽譜なしで弾けるよ。ママはあのピアノのこと話してくれた？　どうしてあんな絵が彫ってあるか知ってる？

マレーサ　ママのピアノになってから、ずっとあのままだったって言ってるよ。

ボーイ・ウィリー　聞いたか、ドーカー？　あんた、それでもバーニースと一緒に住んでるのかね？

ドーカー　俺はそういうことには関係ないね。バーニースの子どもの育て方には口を出さないんだ。

ボーイ・ウィリー　ママにあのピアノのことを教えてって言うんだよ。どうして絵がついているか訊くんだ。もしママが教えてくれなかったら、おじさんが教えるよ。

バーニース　マレーサ！

マレーサ　お出かけの支度しなくちゃ。
ボーイ・ウィリー　大きくなったもんだな、ドーカー。あの子を覚えてるだろう、ライモン？
ライモン　昔はほんとに小さかった。

ドアをノックする音。ドーカーが出る。エイヴリーが登場。三十八歳、正直で野心的。南部の田舎では縁がなかった発展と進歩の機会を都会で見つけて、水を得た魚のように都会になじんでいる。スーツにネクタイ姿で、首に金の十字架をかけて、小さな聖書を持っている。

ドーカー　やあ、エイヴリー、さあ入って。バーニースは二階だ。
ボーイ・ウィリー　おい、おい、見ろよ……見てみろ……やつは目を白黒させてるぜ。思わぬところで俺に会って、びっくりしちまったぞ。
エイヴリー　やあ、ボーイ・ウィリー。こんなところで何してるんだい？
ボーイ・ウィリー　見ろよ、ライモン。
エイヴリー　ライモンかい？　ライモン・ジャクソンだね？
ボーイ・ウィリー　そうだ、ライモンには会ったことがあるよな。
ドーカー　バーニースはすぐに支度がすむよ、エイヴリー。
ボーイ・ウィリー　ドーカーがおまえはもう説教師なんだって言ってたよ。おまえのことを……なんて呼べばいいのかな、牧師さんかい？　昔はただのエイヴリーだったけどな。この野郎、いつ説教師になったりしたんだ？

ライモン　エイヴリーは働かなくてもすむように説教師になるんだって言ってたな。

ボーイ・ウィリー　おまえがウィルショーのところで、綿を植えていたころのことを覚えているよ。そのときは説教師なんて考えてなかったよな。

エイヴリー　あそこに停まってるのは、あんたたちのトラックだね。スイカが積んであるから、玄関先で何してるんだろうって思ってさ。

ボーイ・ウィリー　ああ、俺たちスイカを売るんだ。あれはライモンのトラックだ。

ドーカー　バーニースがあんたと一緒に銀行に行くんだってな。

エイヴリー　そう、半日休みをもらって、教会を始めるのにローンを借りられるか、銀行と話をする約束なんだ。

ボーイ・ウィリー　ライモンが説教師は働かなくてもいいって言ってたけど、おまえどこで働いてるんだ？

ドーカー　エイヴリーはいい仕事に就いてな。ダウンタウンの高層ビルで働いてるよ。

エイヴリー　ガルフ・ビルでエレベーターの運転をしてる。年金も何もかもあるし、感謝祭の日には七面鳥までもらえるんだ。

ライモン　ロープが切れないってどうして言えるね？　切れたらどうなるか、おっかなくないのか？

エイヴリー　鋼鉄でできてるんだよ。鋼鉄のケーブルで吊ってる。すごい力をかけなければ切れたりしないよ。心配ないさ。珍しくもないただのエレベーターだ。俺は飛行機なんか絶対ごめんだ。いくら金をもらっても断るけどね。
ライモン　飛行機ならおもしろそうだ。俺はエレベーターより飛行機のほうがいいな。
ボーイ・ウィリー　おまえ、スイカいくつ買いたい？
エイヴリー　トラックいっぱい積んでるのを見たからさ、一個ぐらいくれるのかと思ったよ。
ボーイ・ウィリー　一個でも、二個でもいいぜ。二個で一ドルにしてやる。
エイヴリー　一個しか食えないな。いくらだ？
ボーイ・ウィリー　おい、おい、ただでやるに決まってるだろう。ほら、いいだけ持ってけ。俺たちが売る分だけは少し残しておけよ。
エイヴリー　一個でいいよ。
ボーイ・ウィリー　おまえどうやって説教師になれたんだよ？　俺もいつかなってみたくなるかもしれないな。みんなに、ボーイ・ウィリー牧師さまって呼ばせてさ。
エイヴリー　夢のなかで起こったんだよ。神がわたしをお呼びになって、神の羊たちの羊飼いになるようにおっしゃった。だからわたしの教会を……「キリストにおける神のよき羊飼い教会」って呼ぼうと思ってる。
ドーカー　俺に話してくれたことを聞かせてやりなよ。三人の渡り労働者[*4]の話を。
エイヴリー　ボーイ・ウィリーはそんな話聞きたくないよ。
ライモン　聞きたいな。夢がほんとうになることがあるってみんな言ってるからね。
エイヴリー　いや、全部なんか聞きたくないだろう。

ドーカー　さあさあ。あんたが説教師だって言ったんだが、信じようとしないんだ。三人の渡り労働者の話をしてやりなよ。

エイヴリー　そう、夢のなかで起こったんだ。いいかい……わたしは汽車が通るのを見ながら、操車場に座っていた。汽車が停まり、三人の渡り労働者が降りた。ナザレから来て、エルサレムへ行く途中だと言った。三本の蠟燭を持っていてね。わたしに一本くれた。灯をともして……消さないように気をつけろと言った。それから気がついてみると、ある家の玄関に立っていたんだ。どこからともなく、ドアをノックしろという声がした。お婆さんが、ドアを開けて、わたしを待っていたと言うんだ。そして部屋のなかに案内してくれた。大きな部屋で、いろんな人でいっぱいだったよ。普通の人間と同じようだったけど、ひとつ違うのは頭は羊で、羊みたいな音をたてていたことだ。誰かがわたしの名前を呼んでいた。あたりを見まわすと、さっきの三人の労働者がいた。服を脱ぐように言って、金の糸で縫った青いローブをくれた。足を洗って、髪をとかしてくれたんだ。それから三つのドアを示して、ひとつを選べと言った。

わたしがひとつのドアを通ると、蠟燭から炎が飛んで、自分の頭がすっぽり燃え出したみたいだった。あたりを見ると、おんなじ青いローブを着た人がほかにも四、五人立っていた。それから外の谷を見渡すように、という声が聞こえた。みんなで外を見ると、谷には狼がいっぱいいた。前の部屋で見た羊の姿の人間は、谷の向こう側に行かなくちゃならない、だから、誰かが連れていく必要がある、という声がした。それから、「誰に行かせようか？」という別の声が聞こえた。気がつくと自分が、「わたしがここにいます。わたしを遣わしてください」と答えていたんだ。そのときだよ、わたしがキリストに会ったのは。キリストは「おまえが行くなら、わたしも一緒に行こう」とおっしゃった。何かに導かれて「さあ、行こう」とわたしは言った。そこで目が覚めたんだ。頭はまだ燃えているみたいだった……だけど、わたしは説明できないようなおだやかさに包まれていた。まさにそのとき、自分が聖霊に満たされて、神のしもべと呼ばれるようになったんだとわかった。それを受け入れるまでにはしばらくかかったけどね。その後、神はいろいろ小さなことで、それが本当だったとわたしに示してくださっている。だから、説教師になったんだ。

ライモン　なるほど、それでよき羊飼い教会って名付けようとしているんだ。羊の姿の人間の夢なんだね。よくわかった。

ボーイ・ウィリー　ドーカーが言ってたけど、おまえピアノを見せに白人をこの家に寄こしたそうだな。そいつは楽器を買いたくて黒人の家をまわってるって聞いたよ。

エイヴリー　うん、でもバーニースは売りたがらないんだ。あのピアノの話を聞かせてもらってから……バーニースの気持ちもわかってね。

ボーイ・ウィリー　そいつの名前は？

エイヴリー　もうかなり前のことでね。名前は忘れた。バーニースに名前や電話番号が書いてある名刺を渡してたけど、きっと捨てちゃっただろうな。

バーニースとマレーサが階段から登場。

バーニース　マレーサ、急いで二階に戻って、ママのハンドバッグを持ってきて。それからおでこの髪油を拭いて。さあ、早く。

マレーサは階段から退場。

バーニース　あら、エイヴリー、元気？　おしゃれしたのね。すてきだわ。ボーイ・ウィリー、あんたたちスイカを売りに行くんじゃなかったの？
ボーイ・ウィリー　ライモンが眠くなっちゃったんだ。俺たちまずひと眠りしておこうかと思ってね。
ライモン　俺は眠くないよ。
ドーカー　トラックにあんなにスイカを積んでるのに、こんなところで油売ってちゃだめだぞ。
ボーイ・ウィリー　すぐ行くよ。行くところだ。
バーニース　ドーカー、ローガン通りに寄るけど、何か用はない？
ドーカー　そこに行くなら、足の肉のハムを少し買ってきてくれ。もし薫製のがあったらだ。なければ生のをね。皮の下に脂がいっぱいなのはいやだよ。長いやつをね。脂がなくて、うまそうなところ。（バーニースに一ドル渡す）薫製になってるんじゃなければ、短いのはだめだ。生のを買うなら、いいか、長いのだよ。薫製のがなければ、仕方ないな、短いのでも。（間）あそこに行ったらカブの葉っぱも買ってもらおうかな。バターミルクがあるから……トウモロコシの粉を買えばコーンブレッドができるし、それにカブの葉を煮よう。

マレーサが階段から登場。

マレーサ　市電で行くの？

バーニース　ママとエイヴリーがあんたを託児所で降ろしてあげるから。あそこの人たちには気をつけるのよ。いい子に見せてなくちゃだめよ。ボーイ・ウィリー、あんたのすることは言ったはずよ。あとでね、ドーカー。

エイヴリー　またな、ボーイ・ウィリー。

ボーイ・ウィリー　おい、バーニース……エイヴリーが寄こしたピアノを買いたがってたやつの名前、何だったっけ？

バーニース　わかってたわ。あんたの顔を見たらすぐにわかった。何かたくらんでるってね。

ボーイ・ウィリー　サターの弟が俺に土地を買わないかって言うんだ。今、待たせてるんだよ。二週間待つって。金の一部は手持ちだろ。スイカを売って足して。それからピアノを売れば、残りになる。

バーニース　あのピアノは売らないの、ボーイ・ウィリー。そのために来たんならあきらめることね。(ドーカーに) 行ってきます、ドーカー。ボーイ・ウィリーは口ばっかり達者なんだから。何を言ったって、あたしは知らないわ。ピアノを売るつもりでここに来たんなら、お気の毒様。

バーニース、エイヴリー、マレーサが玄関から退場。

ボーイ・ウィリー　さあ、ライモン！　スイカを売りに行こうか。

ボーイ・ウィリーとライモンが退場しようとする。戸口でボーイ・ウィリーはドーカーのほうに振り向く。

ボーイ・ウィリー　なあ、ドーカー……姉ちゃんがピアノを売りたくないんだったら……半分に切って俺の分はさっさと売っちゃうからな。

ボーイ・ウィリーとライモン退場。溶暗。

一幕二場

台所にライトが当たる。三日後。ワイニングが台所のテーブルに向かって座っている。テーブルには半分空になった酒ビンがある。ドーカーは忙しく鍋を洗っている。

ワイニングはドーカーの兄で五十六歳。羽振りのよいミュージシャンで、ギャンブラーであるように見せたがっているが、彼の音楽、衣服、その態度まで時代遅れだ。自分の過去を振り返りながら、情熱と哀しみをミックスした奇妙な気分で人生をつづけようとしている男だ。

ワイニング じゃあイエロードッグの幽霊がサターをやったってわけか。俺の生き方がいつも正しかったことの証拠になるな。因果はめぐるっていうけど、いつか時が来ればきっと報いがあるってことだ。そういうのを千回も見てきた。俺はそれが本当だって知ってる。だが、はっきり言って……もしサターの幽霊に会ったら、俺ならとにかく乗れる物を見つけて、一目散に逃げるな。

ドーカーが自分の部屋から登場。

ドーカー ワイニング!

ワイニング それからもうひとつ……バーニースはあのピアノを売らないよ。

ドーカー もうあの子がそう言ったんだが、やつは、半分に切って自分の取り分を売るなんて言ってな。スイカを売ろうと三日もここにいるんだよ。白人が住むあたりに行こうとするんだが、トラックが故障ばっかりしてさ。一ブロックか二ブロック行くともう、また故障だ。スクウェラル・ヒルに行きたいんだが角が曲がれない。やつはトラックが空になって、ピアノが積めるようになったらすぐに、運び出して売るつもりだと言ってる。

ワイニング サターのところの息子はどうしたんだい？ どうしてあの土地を耕さないんだ？

ドーカー 息子のひとりは学校だ。家を出て、北部の学校に来てるんだ。もうひとりは、あそこのフライパンみたいに頭が空っぽでさ。あんなにウスノロの白人って見たことないよ。やつなら川の真ん中に突っ立って、溺れるまで水嵩がふえるのを見てるだろうな。

ワイニング サターの幽霊を見たという話はいいとして、バーニースは元気なのかね？

ドーカー 大丈夫だよ。まだクローリーのことが忘れられないんだな。死んで三年もたつのにまだしがみついてる。ここから出て、あの子のわずかばかりのお宝を男に奪ってもらわなくちゃな。そんなもの後生大事にしてるんだから。

ワイニング よく言うじゃないか、いい餌をつければどんな魚だって食いつくって。

ドーカー あの子はそんなものにこだわって、自分を買いかぶってるよ。エイヴリーとつき合ってるようなんだ。ふたりの仲は進んでいる。あの男は今じゃ説教師でな。やつの話だと聖霊が頭の上に座って、雷や稲妻がして天国が開くと、神さまがやつの名前を呼んでたんだとさ。外に出て、説教をして、羊の群の番をしろって言われたんだそうだ。そこから自分の教会の名前をつけようとしてるんだって。よき羊飼い教会ってな。

ワイニング　スピアにだって自分がキリストだなんて言ってまわる野郎がいたよ。キリストの生涯を真似しようってんだ。最後の晩餐だのなんだのしてね。棕櫚《しゅろ》の日曜日にはラバまで借りて町を行進だ。自分はキリストだとか言って……いろんなことしてさ。なんでもかんでもやってるうちに、とうとう磔《はりつけ》の場面までできた。その場面になるっていうと、みんなに家に帰れって言って、キリストの振りをやめた。磔の場面になると、野郎は気を変えたんだ。大勢の人が、野郎が十字架に釘で打ちつけられるのを見に来ていた。どっちのほうがバカなのか俺は知らないよ。野郎のほうだか、見物のほうなんだかね。みんなが集まって来ていた……小さな丘に十字架まで運んでな。みんなは野郎が十字架に釘づけされるのを、まわりに立って待ってた。すると野郎は全部やめにして、少し説教したかと思うと、全員に帰れと言ったんだ。厚かましいったらないな、野郎ときたら復活祭の日曜日には教会に来て、自分の復活を祝うようにだとよ。

ドーカー　エイヴリーがそういうこと思いつかないのが驚きだ。あの男は教会員を集めるためだったら、手間暇惜しまないんだから。教会が建つまでは自分の家で集まってるんだ。

ワイニング　説教師になったって悪いことはない。あちら説教師、こちらギャンブラー。このふたつはたいして違ってないこともあるんだ。

ドーカー　どれくらいカンザス・シティにいたんだ？

ワイニング　ここを出てからずっとだ。そこの昔なじみの女にひっかかっててね。（間）クリオーサが死んだんだよ。

ドーカー　うん、この前そこに行ったとき聞いた。残念だったな。

ワイニング　あいつの友だちが手紙で知らせてくれた。ここにその手紙があるよ。（手紙をポケットから取り出す）俺はカンザス・シティにいたんだけど、手紙でクリオーサが死んだって教えてくれたんだ。ウィラ・ブライアントっていう名前だ。いとこのルーパートも知ってるんだそうだ。（手紙を開き、読む）

「親愛なるワイニング様　このお便りをしますのは、クリオーサ・ホルマンさんが亡くなられたことをお知らせするためです。五月一日土曜日に、お姉さんのアルバータ・サミュエルズの愛情こもった腕に抱かれて、この世を発ちました。このことをお知らせしたほうがよろしいかと思い、クリオーサの友だちとしてお手紙を書いています。あなたとお別れしてから、彼女にはいろいろつらいことがありましたが、それらを乗り切りました。立派な女性として最期を迎えましたので、神の恩寵を受け、天国に行ったことと思います。わたしはあなたのいとこのルーパート・ベイツと友だちで、あなたのご住所は彼に教えてもらったのです。この手紙であなたにクリオーサのことが伝わればと願っています。友人、ウィラ・ブライアントより。」

（手紙を折り畳み、ポケットに戻す）俺がこの知らせを受けたときには、もうあいつのお棺に釘を打ってるころだった。病気だったなんて夢にも思わなかったよ。きっと黄疸だったんだな。おふくろさんもそれで死んだから。

ドーカー　クリオーサはまだ四十歳ちょっとだったな。

ワイニング　四十六だ。俺より十歳若いんだ。あいつが十六のときに出会った。俺がそこらじゅうで女の尻を追いかけていたの覚えてるかい？　どうしてもじっとしていられなかった。クリオーサを愛していたけど、それと同じくらい、うろつくのが好きだったんだな。どうしてもじっとしていられなかった。結婚したが、いつもそのことで喧嘩ばかりさ。とうとうある日、俺に出て行けって。俺が出て行くとき、あいつは愛してるって言ってくれたよ。言ってくれたんだ、「ねえワイニング、あたしの家はいつだってあんたの家なのよ」。きっと俺はいつも心のなかでそう感じていて、おかげで無事に過ごせたんだと思うよ。

ドーカー　クリオーサはいつもいい感じだったな。

ワイニング　そう、たいした女だったよ。神さまに感謝したものだ。俺は寝ないで、自分の人生を振り返ったことがいく晩もあった。思ったよ、「そうさ、俺にはクリオーサがいた」ってね。俺にはほかに何もないような気がするときは、自分に言ったもんだ、「ありがたい、俺には少なくともあいつがいた。俺の人生でやりとげたことがあるとすれば、いい女がいたってことだ」。それでつぎの朝まで持ちこたえたものだ。（間）何か飲むものないか？　一口飲ませてくれよ。部屋にしまい込んでるのは知ってるぞ。

ドーカー　おまえがここに来て、テーブルに何か置いたためしがない。そこに座って、自分のウィスキーを飲み干してしまう。すると俺に、飲むものないか、なんて言うんだよな。

ワイニング　金はたっぷりある。一口飲ませてくれ。

ドーカーはグラスを自分の部屋に持って行き、それに半分注いで戻る。ワイニングの前のテーブルに置く。

ワイニング　コリーンから便りはあるかい？
ドーカー　あれはニューヨークにいるんだ。あいつのことは忘れることにした。
ワイニング　昔はなかなかの女だったよな。器量はたいしたことなかったが、彼女に見つめられると、女らしさがむんむんしてさ。おまえは俺たちから彼女をさらって結婚したんだ。みんな頭にきてたんだぞ。
ドーカー　あれはニューヨーク市にいるって話だよ。

ドアが開き、ボーイ・ウィリーとライモンが登場。

ボーイ・ウィリー　まったくもう……見ろよ！　ちょうどうわさしてたところだ。ドーカーの話じゃ、おじさんは袋に金をいっぱい詰めてここを出たんだってな。だから、からっけつになるまで顔を見せないだろうって俺は言ったのさ。
ワイニング　からっけつとはどういう意味だい？　ポケットに金が詰まってるよ。
ドーカー　トラックの修理は終わったのか？
ボーイ・ウィリー　動くようにしてセンターの途中まで行ったら、また故障さ。ライモンがやってみて、ますます厄介なことになって、修理にあしたまでかかるって言われちゃったよ。新車みたいに走るようにするってさ。ライモンは戻って、スイカを盗まれないようにトラックで寝るんだ。

ライモン　とんでもない。おまえが行って寝てこいよ。

ボーイ・ウィリー　てめえ、田舎でもトラックで寝てただろうが！　俺はトラックで寝るなんてしたことないもんな。

ライモン　俺だってトラックでなんか寝てないよ。

ボーイ・ウィリー　スイカがみんな盗まれたって知らないよ。俺はどうだっていいんだ。ワイニング、どっから来たの？　どこに行ってたんだい？

ワイニング　カンザス・シティにいたんだ。

ボーイ・ウィリー　ライモン・ジャクソンだ。ライモンのこと覚えてる？

ワイニング　ああ、昔おやじさんと知り合いだった。

ボーイ・ウィリー　ドーカーが、おじさんはいつも誰にも居所を知らせないと言ってた。おじさんの気分まかせ。会うのは、おじさんが来る気になったときだけだってね。

ワイニング　俺には居場所が四、五か所あってな。

ボーイ・ウィリー　ドーカーの話じゃ、バーニースに三ドルくれって言われて、怒って出て行ったんだってね。

ワイニング　あの子は人を自分の思いどおりにしようとしすぎると思うんだ。だから俺は出て行ったのさ。三ドルなんか関係ない。

ボーイ・ウィリー　どこでその大金を手に入れたんだ？　俺もそばにいなくちゃな。ドーカーが袋にいっぱい金を詰めてるって言ってたけど……少し撒いてくれよ。

ワイニング　おまえに五ドル借りようって思ってたとこなんだ。
ボーイ・ウィリー　金がないんだよ。稼ごうってしてるんだけどね。ドーカーからサターのこと聞いた？　三週間ほど前に、やつはイエロードッグの幽霊にやられたんだ。バーニースもサターの幽霊を見たんだよ。この二階でさ。（呼ぶ）オイ、サター！　ワイニングが来てるぞ。ほら、一杯やれよ。
ワイニング　これでイエロードッグの幽霊は何人やっつけたことになるんだろう？
ボーイ・ウィリー　九人か十人、十一人、いや十二人になる。たぶんな。
ドーカー　エド・サウンダーズだろう。ハワード・ピーターソン。それとチャーリー・ウェッブ。
ワイニング　ロバート・スミス。ベッキーの息子を撃ったやつ……桃を盗んでいたとか言って……
ドーカー　それはボブ・マロリーのことだ。
ボーイ・ウィリー　バーニースはイエロードッグの幽霊なんか全然信じてないってさ。
ワイニング　信じてもらわなくったっていい。バーニースなんか信じてなくてもいいさ。俺はサザン線がイエロードッグ線と交差する所に行って、幽霊の名前を呼んだんだよ。そうしたら、むこうも呼び返してきた。サターにも訊いてみろよ。サンフラワー郡の白人に信じるかどうか訊いてみろ。
ライモン　どんな音がした？　風みたいだった？
ボーイ・ウィリー　ワイニング、ほんとうにそこに行ってみたのかい？
ワイニング　一九三〇年のことだ。一九三〇年七月、俺はずばりその場所に立ってた。俺の人生何一つまともにいってるものがないような気がしてたんだ。全部がいつもうまくいかないなんてはずはない……あそこに行ってイエロードッグの幽霊を呼んで、助けてくれるかどうか試してみようと思ってな、出かけて行った。二本の鉄道が交差するところへな……ちょうどその場所に立って、幽霊の名前を呼んだ。そうしたら、むこうも呼び返してきたんだ。

ライモン　幽霊に質問できるんだそうだね。返事をするような調子で話しかけてきたのかい？

ワイニング　自分で確かめなくちゃわからないことって多いからな。ほかのやつにどんなふうに呼び返すのか知らないよ。俺の場合、その場所に立ってると、不思議な気分でいっぱいになった。立ち去りたくなかった。そこにいればいるほど、自分が大きくなるような気がした。汽車が来るのが見えたけど、汽車より俺のほうが大きいように思えた。俺は動くまいと思い始めた。だけど何かが俺に、そこからどくように言ったんだ。汽車は通り過ぎて、俺はまたそこに戻って、もう少し立ってた。だが、何かが俺によせと命じた。俺は王様みたいな気分で立ち去ったさ。それから幸運に恵まれて、それが三年つづいた。だからバーニースが信じなくたっていいんだ。バーニースは信じる必要なんかない。俺はそこにいたから知ってるんだ。さて、ドーカーがイエロードッグの幽霊のことを話してくれるよ。

ドーカー　バーニースとはその話はしないようにしてるんだ。エイヴリーがあの子を教会に縛りつけてるだろう。だから全部デタラメだって思ってるのさ。

ボーイ・ウィリー　姉貴は何も信じちゃいない。信じてるって思ってるだけだ。自分に都合がいいことだけ信じるのさ。都合のいいことがなくなると、頼るものがなくなるよ。

ワイニング　バーニースのことは今は置いておこう。ドーカーからおまえがあのピアノを売るつもりだって聞いたけど。

ボーイ・ウィリー　そうなんだ……ドーカー、エイヴリーが言ってた男の名前がわかったよ。トラックの修理をしてたやつが教えてくれたんだ。みんなそいつのことを知ってる。楽器になるものなら何でも買うんだって。名前と電話番号がわかったよ。なあ、ワイニング、サターの弟が俺に土地を売ろうって言ってるんだ。俺は少し金を持ってる。スイカを売ってそれに足す。それから……トラックのスイカを片づけたらすぐ、俺はピアノを積んで売って、残りの金を作るんだ。

ドーカー　あの土地にはもう価値がない。頭のいい白人はこういう都会に出てきてる。そいつは土地を手放して、一歩さがって、おまえとウスノロの白人が土地のことで喧嘩するのを見物するんだ。

ワイニング　サターの弟がまだ土地を売ってないってどうしてわかるね。おまえがピアノを売る算段をしてる間に、そいつは土地を二度も三度も売っちまったかも知れん。

ボーイ・ウィリー　俺を待ってるって言ったんだ。二週間待つって。金曜から二週間だ。もしそのときまでに帰らなければ、誰かに売るかもしれないと言った。俺のものになるのが見たいんだってさ。

ワイニング　そいつが最初に金を持ってきたやつに売るってことぐらい、おまえだってわかるだろう。

ボーイ・ウィリー　だから俺がその最初のやつになるんだよ。いいか、おじさんは、やつが俺を待ってないと思ったって、俺は承知してるんだ。大丈夫だ、俺はやつの言ったことがわかってる。もうストーヴァルがその土地を買おうとしたけど、断られたんだよ。俺を待ってるからって……俺を待ってくれてるんだ。ドーカー……酒をくれよ。ワイニングは飲んでるじゃないか。

ドーカーは自分の部屋に行く。

ボーイ・ウィリー　ワイニング、カンザス・シティで何してたの？　あそこには何があるんだい？

ライモン　カンザス・シティには美人の女がいるって聞いたよ。行って確かめてみたいもんだ。

ワイニング　まったく、あそこの女は別格だよ。

ドーカーがウィスキーのビンを持って登場。グラスと一緒にテーブルに置く。

ドーカー　ここに座って俺のウィスキーを飲みたいなら、立つときにテーブルに一ドル置けよ。

ボーイ・ウィリー　俺たちを歓待してくれてるんだろう。それなのに金なんか払っちゃ悪いって。

ワイニング　おまえとライモンがパーチマン囚人農場で働かせられてたってドーカーから聞いたよ。俺のなじみの場所で働いてたんだな。

ボーイ・ウィリー　俺たちはジム・ミラーのために材木を投げてた。ついでに自分たちで売る分を、少しよけておきながらね。それを白人が俺たちから盗もうとしてさ。そのときだよ、クローリーが殺されたのは。俺とライモンは刑務所送りさ。

ライモン　やつらは、ちょうど道路が小川の曲がるあたりで下り坂になっているところで待ち伏せしてた。クローリーは闘おうとしたんだ。俺とボーイ・ウィリーは逃げた。でも保安官に捕まった。材木泥棒と言われてさ。俺は腹を撃たれた。

ボーイ・ウィリー　今でもあっちではライモンはおたずね者だ。やつらはライモンを捕まえて、仕事をしてないってことで刑務所にぶち込んだ。

ライモン　罰金百ドルだった。ミスター・ストーヴァルが来て、その百ドルを払ったんだ。すると、その百ドルを返すために、俺はやつのところで働くようにと裁判官が言い出してさ。俺は刑務所で三十日のほうがいいって言ったけど、そうさせてくれないんだ。

ボーイ・ウィリー　ストーヴァルがちょっと目を離したすきに、ライモンは逃げたんだ。保安官とストーヴァルから身をかわしながらトラックに住んでるのさ。ふたりして探してるんだよ。だからここに連れてきてやったんだ。

ライモン　俺はここにいるつもりだってボーイ・ウィリーに言ってある。一緒に南部には帰らないんだ。

ボーイ・ウィリー　誰も首に縄つけて連れて帰ったりしないさ。好きなようにすればいいよ。

ワイニング　俺が一緒に帰るよ。そっちに向かう途中なんだ。汽車で行くかい？　俺は汽車だ。

ライモン　ここのほうがまともな扱いしてくれるよ。

ボーイ・ウィリー　俺ならひどい扱いされる心配なんかない。おまえがそういう扱いをさせてるんだよ。誰かが俺をひどく扱ってみろ、すぐにやり返してやる。俺と白人の間には、違いなんかないんだ。

ワイニング　人がおまえをどう扱うべきか、ということなら違いはないさ。おまえの言うとおりだ。だが、実は、白人と黒人には違いがあるんだぞ。いいか。草の実を採って食うとするな。おまえはすごくうまいと思うんだ。そこで鍋にいっぱい実を摘んできて、煮て、パイでも作ろうなんて考える。だが、おまえはその実が白人の庭のだってことには気がついてない。垣根も何もないんだ。大事なものなら垣根ぐらいするとおまえは思ってるわけだ。いいな。さて、白人がやって来て、自分の土地だ、だから、そこになっているものはみんな俺のだって言い出す。それから保安官に、「黒ん坊たちへの見せしめに、こいつを牢屋にぶち込んでください。そうでもしないと気がつけば、こいつら黒ん坊がわれわれの持ちものをみんな奪ってますよ」って言うんだ。

ボーイ・ウィリー　俺なら夜に行って、そいつが寝てる間に、畑一枚分ひっこぬいてやる。

ワイニング　いいか、ミスター何とかが、おまえに土地を売る。それからやつはおまえに向かって、「ジョン、土地はおまえのだ。もう全部おまえのものだよ。でも、あの実は俺のだ。摘むときがきたら、若い者を寄こすからな。土地はおまえのだ……だが、実は俺のだ、俺用にとっておくんだ。俺のものだよ」。そして草の実は自分のものだと法律で決めてしまう。ここのところが、白人と黒人の違いだ。黒人はなんにも法律で決めることができないんだよ。

ボーイ・ウィリー　法律なんて知ったことか。どんなことだって法律で決められるさ。でも、俺は何が正しいかで判断する。法律にどう書いてあるかなんて、かまっちゃいない。自分で決めるんだ。

ライモン　だからまたパーチマン囚人農場行きってことになるんだよ。

ボーイ・ウィリー　俺はパーチマンのことなんか頭にねえ。俺より先におまえのほうがご厄介になりそうだぜ。

ライモン　あそこはこってり働かせるからな。草取り、鍬入《くわ》れ、木を切る。みんな嫌いだったよ。

ワイニング　パーチマンの強制労働なんか好きにならなくていいんだよ。ドーカー、教えてやれよ、自分の仕事が気に入ってなけりゃ困るのは、水汲み係りだけだ。

ドーカー　水汲みがいやなら、バケツから離れてればいいんだよ。

ボーイ・ウィリー　みんながそうライモンに言ったんだよ。こいつが水の係りになって、一人残らず頭にきてたよ、さぼってるって。

ライモン　だって水は重たいもんな。

ボーイ・ウィリー　みんなでライモンに向かって歌ったもんだ。（歌う）

おお神さま　バータ　バータ　おお神さま　ギャル　オーア
おお神さま　バータ　バータ　おお神さま　ギャル　ウェル

ライモンとワイニングが加わる。

さあ　俺を待たずに結婚しろよ　オーア
さあ　俺を待たずに結婚しろよ　ウェル
自由の身になりゃ　おまえが欲しくないかもしれねえ　オーア
自由の身になりゃ　おまえが欲しくないかもしれねえ　ウェル

ボーイ・ウィリー　ほら、ドーカー、この歌知ってるだろう。

ドーカーが加わると、男たちはリズムをとって足を踏みならし、手をたたく。彼らは熱をこめて、見事にそろったハーモニーで合唱する。

おお神さま　バータ　バータ　おお神さま　ギャル　オーア
おお神さま　バータ　バータ　おお神さま　ギャル　ウェル

高く高く持ち上げて　それから下に振り下ろす　オーア
高く高く持ち上げて　それから下に振り下ろす　ウェル
日が沈んだって　働きつづけさ　オーア
日が沈んだって　働きつづけさ　ウェル

バータはメリダンで　気楽な暮らし　オーア
バータはメリダンで　気楽な暮らし　ウェル
俺はパーチマンで重労働　働かなきゃひでえ目に会う　オーア
俺はパーチマンで重労働　働かなきゃひでえ目に会う　ウェル

おおアルバータ　バータ　おお神さま　ギャル　オーア
おおアルバータ　バータ　おお神さま　ギャル　ウェル

結婚するなら　農夫はやめろ　オーア

結婚するなら　農夫はやめろ　ウェル
月曜ごとに　おまえの手には鍬の柄さ　オーア
月曜ごとに　おまえの手には鍬の柄さ　ウェル

結婚するなら　鉄道員だよ　オーア
結婚するなら　鉄道員だよ　ウェル
日曜ごとに　おまえの手にはドル札だ　オーア
日曜ごとに　おまえの手にはドル札だ　ウェル

おおアルバータ　バータ　おお神さま　ギャル　オーア
おおアルバータ　バータ　おお神さま　ギャル　ウェル＊5

ボーイ・ウィリー　ドーカーはそこの歌詞が好きだ。その鉄道員のところ。
ライモン　ドーカーはタングル・アイ＊6みたいに歌うな。挿入のフレーズ《リック》が下手でさ。
ボーイ・ウィリー　ねえ、ドーカー、パーチマンじゃあんたのことまだ覚えてるよ。俺は「ドーカーの甥っ子か?」って訊かれたよ。「うん、俺たち親類だ」って言った。そうしたらすぐ、扱いがよくなった。言ったんだ、「そうさ、俺の叔父貴だって」。
ドーカー　あそこのやつらにゃ、誰とも、こんりんざい会いたかねえ。

ボーイ・ウィリー 俺だって会いたかない。ヘイ、ワイニング、ピアノ弾いてくれよ。ピアノ弾きじゃないか、何か弾いてくれよ。ライモンが聞きたがってるよ。

ワイニング 俺はピアノはやめたんだ。俺の人生のなかで、なんてったって、ピアノを厄介払いしたのが、いちばんいいことだった。あんまりピアノがお荷物になって、俺の背中に乗せて運ぶはめになったんだ。ほかのやつには勧められないな。いいか、レコードに吹きこむスターっていうと楽しそうだって思うだろう。だが、ピアノをかついでなくちゃならないんで、ひどくのろくなった。糖蜜みたいにとろくなった。世の中は俺をかすめて流れていくし、俺はときたらピアノと一緒に歩いてる。そうさ。行ける場所はそんなにありゃしない。ピアノと一緒で平気なほど広い道はあんまりない。そしてピアノはどんどん重くなるんだ。どっかに行って、ピアノを弾くとわかると、やつらはまず酒を飲ませたがる、それからピアノを探してきて、その前に座らせる。そうなりゃ、八時間もずっとそこに座りっぱなし。立ち上がらせてくれないんだ！　さて、そんなことして最初の三、四年間は楽しいさ。ウィスキーだって、女だってもうこれで十分ってことはないし、ピアノを弾くのに飽きたりしない。だが、そういうことがつづくのも、そこそこの間なんだよ。ある日、ウィスキーも嫌い、女も嫌い、ピアノも嫌いになってるんだ。だけど、それしかないんだよな。ほかになんにも能がないんだ。できるのはピアノを弾くことだけ。さあ、俺は誰なんだ？俺はほんとに俺という人間なのか？　それとも俺はただのピアノ弾きか？　ときどき俺のなかのピアノ弾きを、撃ち殺すしか手がないんじゃないかと思うよ。だって俺の厄介ごとは全部そいつから起こったんだから。

ドーカー　おまえの厄介ごとが、俺のみたいになったらどうするんだ？

ライモン　弾ければ、俺なら弾くよ。ステキなピアノじゃないか。

ボーイ・ウィリー　うまく弾けるやつがいたら、さっさと弾いてくれよ。サターの弟は俺を待ってるんだ。俺はスイカを売る。バーニースにピアノを売らせる。そのふたつの金を俺が貯めた分と一緒にして……

ワイニング　バーニースはあのピアノは手放さないよ。どうしてわからないんだ。

ボーイ・ウィリー　姉貴はピアノをどうするつもりなんだ？　腐るまでそこに置いとくだけじゃないか。あのピアノは誰の役にも立ってねえ。

ライモン　いいピアノだ。俺のなら売るな。ワイニングみたいに弾けるなら話は別だけどね。あれならいい値がつく。

ドーカー　いいか、ひとつ教えてやろう、ライモンは知らないだろうが……なぜ俺とワイニングが、バーニースはピアノを売らないだろうって思っているかな。

ボーイ・ウィリー　姉貴は売らなくてもいいんだ！　俺が売ってやる！　俺だって同じ権利があるんだ。

ドーカー　俺はライモンに話してるんだ……話をさせろよ。いいか……なぜ俺たちがこんな話をするかってことは……つまり、あのピアノのことを知るにはだな……奴隷のころまで話を戻さなくちゃならないんだ。いいか、俺たちの家族はロバート・サターというやつの持ち物だった。例のサターのじいさんにあたるやつだ。いいかね。ピアノはジョエル・ノーランダーという名の男のものだった。ジョージアのノーランダー兄弟のひとりだ。それはサターの結婚記念日のことだった。

やつは奥さんのために……ミス・オフィーリアっていう名前なんだがね……結婚記念日のプレゼントを買おうとしていたんだ。だが、やつは……やつは金を持ってなかった。ただ黒人を何人か持っていた。そこでミスター・ノーランダーに、ピアノを自分のところの黒人と交換しないかと持ちかけた。黒人を一人と半分差し出すと言った。そういう言い方をしたんだな。大人一人と半人前の子どものことだ。ミスター・ノーランダーは自分に選ばせるならいいと答えた。老いぼれの黒人をつかまされるのがいやだったんだ。自分で好きなのを選びたいと言った。そこでサターは黒人を並ばせた。ミスター・ノーランダーはざっと見渡し、全部のなかから俺のおばあさんを選んだ……バーニースっていう名前だ……今いるバーニースと同じ名前さ……それから俺のおやじを選んだ、九歳の子どもだったんだよ。商談は成立した。ミス・オフィーリアはピアノがすっかり気に入って、ピアノを弾いてばかりいたんだ。

ワイニング　朝起きて、着替えをすると、もう座ってピアノを弾くんだ。

ドーカー　よし。時がたった。時がたったんだ。ミス・オフィーリアは俺のおばあさんがいなくて淋しいと思うようになった……おばあさんの料理や掃除の仕方、話し方なんかをね。それから、家に俺のおやじがいて、物をとってきたりしてくれたのがなつかしくなった。そこで、彼女はピアノを返して奴隷を取り戻せないか尋ねた。ミスター・ノーランダーはだめだと言った。取り引きは取り引きだってね。ノーランダーとサターはその件でひどく仲違いをして、ミス・オフィーリアは病気になった。朝になってもベッドから起きようとしない。寝たままだ。医者からどんどん衰弱していると言われた。

ワイニング　そこでサターは、俺たちのおじいさんを家に呼んだんだ。

ドーカー　さて、俺たちのおじいさんはボーイ・ウィリーという名前だった。おまえの名前は、このおじいさんからとったんだよ。とにかく、おじいさんのことはウィリー・ボーイって呼んでたんだがね。この人は木の細工ができた。欲しいものはどんなものでも木で作れた。机だって、テーブルだって、ランプだって。お望み次第だ。近所の白人はいろんなものを作ってくれってミスター・サターのところに来て頼んだもんだ。それからミスター・サターに金をたくさん払った。わかるかい、俺のおじいさんが作る物はミスター・サターの物なんだ。だっておじいさんはやつの奴隷なんだから。だからミスター・ノーランダーがおじいさんも買い取って、家族を一緒にしておこうって言ったとき、ミスター・サターは売ろうとしなかったんだ。この奴隷は高くてとてもあなたには買えませんって断った。さて……俺の話で間違いないな、ワイニング？

ワイニング　ああ、大丈夫だ。

ドーカー　サターはおじいさんを家のなかに呼んで、ミス・オフィーリアのために、俺のおばあさんとおやじの姿をピアノに彫れって言った。そこでこれを彫ったんだ……（ピアノのほうに歩いて行く）ちょうどここ、わかるかい？　これが俺のおばあさんのバーニースだ。これにそっくりだった。それからおやじを彫った。おじいさんが覚えている、まだほんの子どものころの姿だ。おじいさんは思い出しながら彫った。ただし……そこでやめなかったんだな。これ全部を彫ったんだ。おじいさんの母親と……エスサーおばあさんっていうんだけどね……父親のチャールズの絵だ。

ワイニング　つまり初代チャールズのことだ。

ドーカー　それから、ここの面にはいろんなものを彫った。わかるかい？　これはおじいさんとバーニースおばあさんが結婚したときのことだ。箒を飛び越すって言い方をしてたんだよ。昔はそうやって結婚したのさ。それから、ここには俺のおやじが生まれたときのこと……ここにはエスサーおばあさんの葬式のようす……この下のほうには、ミスター・ノーランダーがバーニースおばあさんと俺のおやじを、ジョージアの家に連れて行ってしまう場面。俺たちの家族に起こったことをみんな彫ったんだ。ミスター・サターはピアノにこんなにいっぱい彫刻したのを見て、かんかんに怒った。そこまでしろとは言ってなかったんだから。でもさ……もうどうすることもできなかったんだよな。ミス・オフィーリアはこれを見て……大喜びした。これでピアノも自分の奴隷も手に入ったんだ。彼女はピアノをまた弾き始め、死ぬまで弾いた。さてと……いいか、兄貴のチャールズは……バーニースとボーイ・ウィリーの父親だ……俺たち三人兄弟のいちばん上だった。もう死んだけどね。生きていたら五十七歳だ。一九一一年に三十一歳で死んだ。兄貴はあのピアノのことをしょっちゅう話してた。頭から離れなかったんだな。二、三か月するとまたその話だ。サターの家からピアノを持ち出す話をするんだ。俺たち一家の物語が彫ってあるんだから、サターがピアノを持っている限り……俺たちはサターに縛られてるって言うんだ。俺たちはまだ奴隷なんだって。俺とワイニングでやめろと説得したけど無駄だった。おとなしくなったかと思うとまた、話をむしかえす。俺たちは、兄貴はこのことが忘れられないんだってわかった。そこで、一九一一年七月四日……郡が毎年開いてるピクニックにサターが出かけたときに……俺とワイニングは兄貴と一緒にサターの家に行って、ピアノを運び出した。荷車に積んで俺とワイニングはおまえたちのオーラかあさんの親戚がいる隣の郡まで運んだ。普段どおりに見せようと、兄貴はそこを離れずに、サターが家に帰って来るのを待つことにしたんだ。

さて、サターが帰ってピアノがないってわかったとき、どんな騒ぎだったか俺は知らない。とにかく、誰かが兄貴の家に行って、火をつけた。でも兄貴は家にはいなかった。誰かが来るのがわかったに違いない、兄貴は三時五十七分発のイエロードッグに乗ったんだから。だが、やつらが追いかけてきて、汽車を停めるとまでは考えてなかった。やつらは汽車を停めて、屋根つきの貨車に兄貴が四人の渡り労働者と一緒に隠れているのを発見した。しかし、ピアノは見つからなかったから、きっと怒り狂ったんだな。貨車に火をつけて、一人残らず焼き殺したんだ。誰がやったのかはわからない。サターだと言う人もいる。だって、やつのピアノだったんだから。保安官のカーターだという人もいる。ロバート・スミスとエド・サウンダーズだという人もある。はっきりしたことは誰も知らない。それから二か月ほどたって、エド・サウンダーズが自分の家の井戸に落ちた。立ち上がって井戸に落ちたんだ。理由もなしにな。井戸に突き落としたのは、貨車で焼かれた男たちの幽霊だといううわさが立った。そこでみんながイエロードッグの幽霊って呼び始めたんだ。さあ、これがことの発端だ。こういうわけだから俺たちは、バーニースはピアノを売らないだろうって言うのさ。そのせいで父親が死んだんだからな。

ボーイ・ウィリー　みんな昔のことじゃないか。おやじだって、ピアノと引き替えに自分の土地を手に入れる方法がわかったら、ピアノをこんなところに転がしちゃおかないよ。おやじは一生他人の土地を耕した。俺はそんなつもりはないよ。おやじはしょうがなかったんだ。頼りにするものがなんにもなかったんだからね。おやじの場合、親からなんにも引き継ぐものがなかったんだ。おやじが俺に残せたのはピアノだけだ。命を賭けて、残してくれた。俺はなんとかピアノを活用してみるんだ。あそこに置いたまま腐らせるなんてことはしないぞ。姉貴にそこの道理がわからないんだったら、俺が仕切って俺の持ち分を売ってやる。あんただってワイニングだって、俺が正しいってわかってるだろう。

ドーカー　どっちが正しいとか、間違ってるなんて言ってないんだ。こいつにピアノのことを話しただけだ。なぜバーニースは売ろうとしないか説明したんだよ。

ライモン　うん、やっとわかった。俺は、ボーイ・ウィリーに一緒に北部にいようって勧めてるんだよ。

ボーイ・ウィリー　おまえは残れ！　俺は帰る！　俺はそうやってこの人生を生きるんだ！　どうして俺がこんなところにいて、やり方もわからないことを習わなくちゃならないんだよ？　農業のやり方ならよく知ってるのにさ。そうしたいんなら、おまえはここにいて、好きにしろよ。俺は帰って、俺のやりたいように生きるんだ。

　ワイニングは立ち上がり、ピアノのほうに行く。

ワイニング　どんな具合かな。こういうものには、しばらく触ってないんだがね。

ドーカー　そんなこと言うなって。この前ここにいた間、弾いてたぞ。ピアノにへばりついてたじゃないか。さあ、何か弾いてくれ。

ワイニングはピアノに向かい、弾き語りする。ずっと昔、彼はこの歌でポケットにいっぱい小銭を稼いだものだ。そのころの町や急行通過駅のことは、もうぼんやりしか覚えていない。彼はためらうことなく、下手なピアノを弾き、力強い声で歌う。

ワイニング （歌う）

俺はさすらいのギャンブルマン
いろんな町で賭をした
この広い世界を股にかけ
世界中をさすらって
人生いい目もみたし　どん底もみた
つらい目にも会ったさ
だが　みじめさだけは知らずにきたぜ
あのアーカンソーに降りるまでは

ある朝　俺は
いちばん列車に乗ろうと出かけた

やつが言った「俺のところで働いてみろ
土地を干拓するんだ
一日五十セント
洗濯まかないいっさい付きだ
おまえは見違えるような人間になれる
アーカンソー州で」

悪党のために六か月働いた
そいつの名前はジョー・ヘリン
やつは岩にも負けない固さの
古いトウモロコシパンを食わせた
俺の歯はみんなグラグラ
俺の膝はガタガタしだした
それが俺の食いもんさ
アーカンソー州で

トラヴェリング　マン
世界中を旅してまわった

トラヴェリング　マン
風の吹くまま　旅をした
トラヴェリング　マン
世界中を旅してまわった
いいか　無駄だぜ
手紙で知らせようなんて
俺は旅する男だよ

ドアーが開き、バーニースがマレーサと登場。

バーニース　まさか……ワイニングがここにいるなんて信じられない。
ワイニング　ヘイ、バーニース。
バーニース　あんたたち、示し合わせてたんでしょ。おじさんとボーイ・ウィリーで示し合わせたのね。
ワイニング　俺はこいつがここに来るなんて知らなかった。俺は田舎に帰る途中さ。おまえとドーカーにまず会おうと思って寄ったんだ。
ドーカー　こいつに話したところだよ、袋いっぱい金を持って出てったから、もう会うことはないと思ってたって。ボーイ・ウィリーなんか、からっけつになるまで戻ってこないと言ったんだ。だが、気がつくと、こいつが戸口に立って、二ドルくれなんて言ってるじゃないか。見ろよ、笑ってるぞ。図星だって思ってるんだ。

バーニース　ボーイ・ウィリー、あそこにトラックがなかったけど。あんたたちスイカを売りに行ったんじゃなかったの?

ボーイ・ウィリー　全部売れたんだ。トラックも売っちゃった。

バーニース　あんたとかかわり合いになるのはいやよ。言ったでしょ、自分の居場所に帰りなさいって。

ボーイ・ウィリー　冗談言っただけだよ。冗談もわからないのか?

バーニース　ワイニング、いつ着いたの?

ワイニング　少し前だ。カンザス・シティから汽車に乗った。

バーニース　二階に行って着替えてくるわ。すぐ食べるものを用意するから。

ボーイ・ウィリー　俺が来たって、何も食わせてくれなかったくせに。

バーニース　あんた、うるさいわね。さあ、マレーサ、二階で着替えなさい。汚さないうちにね。

バーニースが二階に退場。マレーサもついて行く。

ワイニング　ドーカー、たしかにマレーサは大きくなったな。それにすごくかわいくなってさ。クローリーからあんなにきれいな子ができるなんて、思いもしなかった。

ボーイ・ウィリーはピアノのほうに行く。

ボーイ・ウィリー　おい、ライモン……ピアノの向こう側を持ってくれ。確かめたいんだ。

ワイニング　おまえ、何をやろうってんだ？

ボーイ・ウィリー　このピアノの重さを調べてるんだ。ライモン、そっちを持ち上げろ。

ワイニング　おい、ピアノに触るな。おまえ、運び出して売ったりするんじゃないだろうな。

ボーイ・ウィリー　トラックからスイカがなくなったらすぐにな。

ワイニング　それなら、ちょっと言っておくことがある。

ボーイ・ウィリー　これはおやじのピアノだ。

ワイニング　おまえのおやじひとりで運んだんじゃない。俺とドーカーが手伝ったんだ。

ボーイ・ウィリー　命を落としたのは、おやじだけだ。そのときおじさんたちはどこにいたんだい？　ピアノのことでとやかく言って欲しくないね。俺と姉貴のピアノなんだ。そうだよな、ドーカー？

ドーカー　ああ、そうだな。

ボーイ・ウィリー　ふたりで持てるかやってみよう、ライモン。しっかりつかんでそっちの端を上げろ。いいか？　それっ！

ボーイ・ウィリーとライモンがピアノを動かそうとすると、サターの幽霊の音がする。それを聞いたのはドーカーだけだ。ふたりはやっとのことで少し動かしたので、ピアノの位置がずれている。

ボーイ・ウィリー　どう思う？

ライモン　重いけど……動かせるな。楽じゃないけどな。

ボーイ・ウィリー　俺にはそんなに重くなかった。よし、もとに戻そう。

再びサターの幽霊の音がする。全員が聞く。そのときバーニースが階段から登場。

バーニース　ボーイ・ウィリー……ひとをからかうのもほどがある。そんなことしたらひどい目に会うからね。さあ、ピアノをもとの場所に戻しなさい。わたしはピアノを売らないって、百回も言ったはずよ。

ボーイ・ウィリー　おい、俺は土地を手に入れようとしてるんだ。サターの土地を買う金を作るのに、あのピアノが要るんだよ。

バーニース　あのピアノはお金じゃ買えないわ。お金のために魂を売るなんて、とんでもない。魂は買われて行ったりしないのよ。あんたが魂を大事にしなければ、魂は縮んでしおれてしまう。でも、買い手のものになんかなるもんですか。

ボーイ・ウィリー　俺はそんなこと言ってるんじゃない。魂を売るなんて言っちゃいない。俺が話してるのは、あの木切れを土地と交換することだ。足で踏みしめるものを手に入れるってことさ。土地だけは神さまがこれ以上は増やされない。ピアノならいつだってほかのを買える。俺が言ってるのは土地だ。その土地から手に入るものだ。そういう話をしてるんだよ。姉ちゃんには、ピアノはあそこに置いて、眺めてるしか使い道がないじゃないか。

バーニース　あたしがしたいのは、まさにそのことなの。ワイニング、ポークチョップをフライにしようか？

ボーイ・ウィリー　じゃあ、俺の考えを話そうか。あのピアノに値打ちがあるのは、ウィリーおじいさんがした彫刻があるという理由だけだ。そのおかげで、価値がある。俺のひいおじいさんだった人だ。そのピアノをチャールズとうさんが家に運んできた。さあ、俺はみんなが残してくれたものを活かして、何かしなくちゃならない。ピアノをただ家に置いておいても始まらない。まるでスイカをあそこに置いて腐らせるのと同じだよ。そんなことをしたら俺はバカだ。いいかい、姉ちゃんが、「ボーイ・ウィリー、あのピアノを使ってるの。レッスンをして家賃なんかの足しにしてるの」とか言うなら話は別だ。そしたら、俺は言わなくちゃならないな、「そうか、バーニースがピアノを使ってるんだ。ピアノを活かしてる。そのままつづけさせよう。俺は別の手段でサターの土地を手に入れなくちゃ」ってさ。だけどドーカーの話じゃ、姉ちゃんはピアノがここにあっても、ずっと触ったこともないそうだ。だのにどうして俺の邪魔するんだ？　いいかい、それはただなつかしいって気持ちだけなんだよ。それはいいさ。いいことだよ。俺だって、誰かがおやじの名前を口にすれば、帽子をとって挨拶する。でも、なつかしさなんかと戯れてる気はないよ。ここに座って百年ピアノを眺めてたって、ピアノはピアノのままだ。それ以上にはならない。俺はあのピアノでサターの土地を買いたいんだ。サターの土地が俺のものになったら、穀物を売って現金が入るし、種だって手に入る。土地と種さえ持ってればもう大丈夫なんだ。ほかのものも手に入れられる。土地がお返しをしてくれるんだ。また穀物を作って、現金にする。それでも土地はそのままあるし、種だってある。ところがピアノからは何も生まれない。姉ちゃんの役に立っていないんだ。いいかい、おやじはああいう性格だから、わかってくれただろうよ。姉ちゃんにそういう考え方ができなくて残念だな。だけど俺はここからピアノを運び出して売るんだ。

バーニース あたしの家からピアノを運び出させるもんですか。(ピアノのほうへ行く) このピアノを見てごらん。見なさいよ。オーラかあさんが十七年も涙で磨いたのよ。十七年間、こすりつづけて、とうとう手から血がにじんだ。するとその血を擦りこんだ……ピアノについているほかの人の血と混ぜ合わせたのよ。毎朝、神さまが生きる力を与えてくださると、かあさんはピアノをこすり、きれいにして、磨きあげて、お祈りした。「何か弾いておくれ、バーニース、あたしに何か弾いておくれ、バーニース」って言ったわ。毎日ね。「おまえのためにきれいにしたよ、バーニース、何か弾いておくれ」。あんたはいつもとうさんのことを言うけど、とうさんがバカなことをしたせいで、かあさんがどんな目に会ったか考えてみようともしない。おかげで十七年もの間、寒い夜、空っぽのベッド。何のために? ピアノのため? 板切れのため? 誰かに仕返しをするため? あんたを見てると、あんたたちみんな同じに見えるわ。あんたも、チャールズとうさんも、ワイニングも、ドーカーも、クローリーも……みんな同じよ。盗んだり殺したり、盗んだり殺したり。そこからどうなったの? もっと殺してもっと盗むだけ。何かの役に立ったためしがないじゃない。人が焼き殺される。人が撃たれる。人が井戸に落ちる。きりがないわ。

ドーカー　さあ、バーニース、そんなに興奮しなくてもいいよ。

ボーイ・ウィリー　俺はときどき盗みはしたよ。でも殺したことなんかない。ほかのやつのことは知らない。誰だって自分のことを話すしかないわけだけど、俺は人を殺したことは一度もない。

バーニース　あんたはクローリーを殺したも同然じゃない。あんたが引き金を引いたのと同じよ。

ボーイ・ウィリー　そりゃ、わかってないね。そういうことを言うのは、姉ちゃんがまるっきりバカだからだ。自分が何もわかってないことを証明してるだけだ。クローリーが今ここにいたら、俺とライモンまで撃たれるはめになったって、ぶん殴ってやるところだ。

バーニース　あのひとは材木のことは知らなかったのよ。

ボーイ・ウィリー　俺たちは教えてやった。ライモンに訊いてみろ。あいつは材木のことは全部承知してた。俺たちが材木をくすねてるってわかってたんだ。ほかにどうして夜に出かけて行くわけがある？　クローリーが材木のことを知らなかったなんて言わないでくれよ。やつらが俺たちのほうに近づいて来たとき、クローリーはやつらを脅そうとしたんだ。俺とライモンは、保安官が一緒だってわかったから降参した。五十ドルばかりの材木で殺されたって意味ないからね。

バーニース　あのひとは、あんたたちが材木を盗んだなんて知らなかったのよ。

ボーイ・ウィリー　盗んでなんかいないさ。俺たちはジム・ミラーのところで材木を投げて、ほんの少し自分用にとっておいただけさ。それを小川のそばに落としておいた。一台分の積み荷になるまでね。俺たちのことを見たやつがいたから、盗まれる前に手に入れておこうとしたんだ。俺たちはそこに行き、クローリーに積み込みを手伝ってもらった。仲間に入れてやろうって思ってね。

あいつがどうにか食っていこうとがんばっていたからさ……俺たち助けてやろうとしたんだよ。

ライモン　俺たちはクローリーに材木のことは話した。誰かに出し抜かれるかもしれないっていうこともね。すると戻って三十八口径を持って来るっていうんだ。それが厄介の元だった。

ボーイ・ウィリー　ピストルさえ持って来なければ、死なずにすんだだろうね。

ライモン　半分ぐらい積んだところでやつらが来たんだ。保安官も一緒だってわかったから俺たちは逃げようとした。川が曲がるあたりに隠れた……だが、そこにもいたんだ。ボーイ・ウィリーが降参しようって言った。だけどクローリーは銃を抜いて、撃ち始めた。するとむこうも撃ち返した。

バーニース　あたしにわかってるのは、あんたたちが仲間に入れたりしなければ、まだクローリーは生きてたってことよ。

ボーイ・ウィリー　クローリーが殺されたのは、俺のせいじゃない。自分が悪いんだよ。

バーニース　クローリーは死んで土の下なのに、あんたはまだここで食べて、歩きまわってるじゃない。あたしにわかってるのはそれだけ。あのひとはあんたたちと一緒に材木を積みに出かけたまま、帰って来ないのよ。

ボーイ・ウィリー　言っただろう、姉ちゃん……俺のせいじゃないって……

バーニース　クローリーはここにいない、そうでしょ？　いないのよ！（バーニースはボーイ・ウィリーを叩く）クローリーはここにいないじゃない。そうでしょ？

バーニースはボーイ・ウィリーを叩きつづける。ボーイ・ウィリーは逃げようとはしないが、後退したり、頭を動かして身を守るので、彼女の攻撃はほとんど彼の胸と腕に加えられる。

ドーカー　（バーニースをつかまえて）さあ、バーニース……よしなさい、ボーイ・ウィリーが悪いんじゃないよ。

バーニース　あのひとはここにいない、そうでしょ？　そうでしょ？

ボーイ・ウィリー　クローリーのことは俺の責任じゃないって言っただろう。

バーニース　あのひとはここにいないわ。

ボーイ・ウィリー　ねえ、バーニース……やめろよ。ドーカー、つかまえてくれよ。クローリーのことは俺のせいじゃない……

バーニース　あんたが仲間に入れたのよ！

ボーイ・ウィリー　もう言っただろう。ドーカー、つかまえてくれよ。俺はふざけてるんじゃないよ。

ドーカー　ほら、バーニース。

マレーサが二階で叫ぶのが聞こえる。恐怖そのものの叫び声だ。

マレーサ　ママ！　……ママ！

暗転。一幕終わり。

二幕

二幕一場

台所にライトが当たる。翌朝である。ドーカーが制服のズボンにアイロンをかけながら、同時にガスに鍋をかけて料理をしている。歌っている。歌にのって仕事をリズミカルにこなしている。彼は長年、列車のコックとして働いてきたので、台所での身のこなしは軽快だ。

ドーカー （歌う）

ミシシッピ州ジャクソンを発って
メンフィスへ向かい
それからとんぼ返りでジャクソンへ
ハッティスバーグまで来て
イエロードッグに乗り換えて
メリディアンまで
走り抜け
メリディアンからグリーンヴィルへ
グリーンヴィルからメンフィスへ
道は大丈夫　俺にまかせとけ

ケイティで乗り換え
ジャクソンを発って
クラークスデイルを過ぎると
ハロー　ワイノナ！
コートランド！
ベイトヴィル！
コモ！
セニトビア！
ルイスバーグ！
サンフラワー！
グレンドーラ！
シャーキー！
それからとんぼ返りでジャクソンへ
ハロー　グリーンウッド
俺はメンフィスへ行くところさ
クラークスデイル
ムーアヘッド
インディアノーラ

快速列車は通過できるかね？
快速列車　オーケーです
グランド　カーソン！
三十一番通り駅
四番通り駅
メンフィス！

ワイニングがスーツを持って登場。

ドーカー　そのスーツ、質屋に持って行ったんじゃないのか？
ワイニング　行ってみたんだが、古すぎるって言われた。見ろよ。百パーセントシルクだぜ！　シルクが古すぎるってことがあるかい？　むこうがこれで五ドル貸す気がないだけだって俺はよめた。せいぜい三ドルしか出したくないいんだ。世界中どこへ行ったって、シルクのスーツなら五ドルの価値はある。三ドルで手放す気はしなかったから、持って帰った。
ドーカー　ウィリー通りにもう一軒質屋があるよ。
ワイニング　そこにも持ってったんだ。着るものはとらないんだってさ。銃とラジオ専門だって。ギターも少しならな。バーニースはどこ？
ドーカー　まだ仕事だ。ボーイ・ウィリーは今朝ライモンに会いに出かけた。トラックの修理ができたらしいな、一日中出たままで、まだ戻らない。マレーサは二階で寝るのを怖がってね。バーニースには内緒だけど、俺はバーニースより前にサターを見てるんだ。

ワイニング 何だって？

ドーカー 三週間ほど前のことだ。俺はむこうから戻ったばかりだった。サターが死んで三日とたってなかったはずだ。サターはピアノのところに座っていたんだ。仕事に行こうと部屋を出ると……ちょうどそこにやつが座ってた。バーニースが言ってたとおり、頭のてっぺんに手をやってな。きっと井戸に落ちて首の骨を折ったんだ。そのことは黙ってたけどね。バーニースを不安にさせてもしかたがないからさ。

ワイニング サターは何か言ったかね？ ボーイ・ウィリーを探してると言ったのかい？

ドーカー ただ座ってただけだ。何も言わなかった。俺はやつをそのままにして、ドアから出た。やつが部屋のあっち側にいるんなら、万事大丈夫だって思ったんだ。こっちに向かって歩き出したら、俺も何をしたかわからんけどね。

ワイニング バーニースの話じゃ、やつはボーイ・ウィリーの名前を呼んでたそうだが。

ドーカー やつは声を出しちゃいなかった。俺が見たときは、ただ座ってただけだ。俺が思うに、ボーイ・ウィリーが井戸に突き落としたんじゃないな。サターがここにいるのはピアノのせいだ。一度、やつがピアノを弾いてるのを聞いた。バーニースかと思ったんだが、あの子はそういう曲は弾かないしな。ここに来てみると、姿は見えないのにピアノの鍵盤がものすごい勢いで動いてた。バーニースはさっさとピアノを処分しなくちゃだめだ。面倒を起こすばっかりだ。

ワイニング　俺はバーニースに賛成だな。チャールズ兄貴は返すつもりで運び出したんじゃない。サターより自分のほうが、ピアノを持つ権利があるって考えたからだ。サターが納得してないなら……それはどうしようもない。サターは死んで、土の下だし……やつの幽霊がどこに出ようが知ったことじゃない。好きなだけうろついたり、ピアノを弾いたりすればいいんだ。やつがピアノを運び出すところを見たいもんだ。ほんと、見てみたいよ。バーニースはいつ帰ってくるんだ？　どうして俺は今朝、あの子が出かける前に顔も合わせなかったのかなあ。

ドーカー　おまえはあそこで寝てたじゃないか。あの子は朝早く家を出る。スクウェラル・ヒルの鉄工所のお偉いさんの家で掃除をしてる。遅く行くといやがられるんだ。遅刻だと交通費がもらえない。おまえ、あの子に何の用だ？

ワイニング　個人的な用だ。おまえには関係ないよ。

ドーカー　あの子は金なんかないぞ。おまえがそのために追っかけてるんならな。今だってやっと暮しを立ててるんだ。もし、エイヴリーと思い切って結婚すればな……やつは毎日働いてるし……思い切って結婚すればふたりでちゃんとやれるだろうけど。でも、今の状態じゃあの子は金なんかない。

ワイニング　そうか、なら五ドル貸してくれよ。

ドーカー　おまえが出かけるときに一ドルやったばかりだぞ。俺から五ドル借りて、ギャンブルと酒に使うなんてダメだ。

ワイニング　こいつ、五ドルよこせ。返すからさ。

ドーカー　おまえ、袋いっぱい金持ってたときだって、五ドルくれる気もなかったくせに。俺には何もくれようともしなかったのにさ。うちに来て、五ドル借りたいだとよ。ボーイ・ウィリーと一緒に帰るんなら、汽車賃をどうするか考えなくちゃならんだろうに。

ワイニング　だから五ドル要るんだよ。五ドルあればもっと金を作れるんだ。（ドーカーはポケットをさぐる）七ドルにしてくれ。

ドーカー　この五ドルをとっとけ……返すんだぞ。

ボーイ・ウィリーとライモンが登場。ふたりとも上機嫌で興奮している。ポケットというポケットに金を詰めこんで、数えたくてうずうずしている。

ドーカー　うまく売れたかね？

ボーイ・ウィリー　スイカに行列だ。

ライモン　売るのが追いつかなかったよ。一つ売ったと思ったら、もうつぎだ。

ボーイ・ウィリー　ようすがのみ込めたから、こいつに値上げしろって言ったんだよ。

ライモン　二十五セント高くしろって言われてさ。客はそれでも平気だった。一ドル出して釣りは要らないなんて客もいたよ。

ボーイ・ウィリー　五個も買った客がいた。五個もどうするんだろう。食いきれないよな。五個売ってから、「あと五個どうだ」って言ってやった。

ライモン　こいつみたいにすばやくドル札つかむやつは、見たことない。

ボーイ・ウィリー　女の人が「甘い？」って訊いたんだ。「奥さん、このスイカの畑には砂糖を入れてあるんです」って答えた。「そんなの初耳よ」とか言って、本気にしちゃってさ。ライモンは腹を抱えて笑ってた。俺は言った、「そうですか、俺たち、種と一緒に砂糖を地面に埋めとくんですよ」って。すると「じゃあ、もうひとつちょうだい」だって。白人ってのはすごいもんだ……なっ、ライモン。

ライモン　スイカ！　って叫んだとたん、みんな家から飛び出してきた。それから近所の人にも声をかけてさ。まるで誰がいちばんたくさん買えるか競争してるみたいだったな。

ワイニング　ライモンにいいものがあるぞ。

ワイニングはスーツを取りに行く。ボーイ・ウィリーとライモンは金を数えつづける。

ボーイ・ウィリー　おまえ、もっと金を持ってるのはわかってるぞ。あんなにスイカを売って、金がこれしきのわけがない。

ライモン　今、探してるよ。おまえだってそれっぽっちじゃないだろ。二十五セント玉はどうした？

ボーイ・ウィリー　二十五セント玉はまかせとけ。とにかくテーブルに金を置けよ。

ワイニング　（スーツを持って登場）これを見ろ、ライモン……わかるかい？　目玉がまん丸くなったな。こんなシルクのスーツは見たことがないんだな。百パーセントシルクだよ。さあ……着てみろよ。体に合うかどうか。（ライモンはスーツの上着を着てみる）見てみろ。触ってみろよ。これが百パーセントの正絹だ。シカゴで手に入れたんだ。こういう服はニューヨークかシカゴじゃないと手に入らないんだ。ピッツバーグなんかにはない。ピッツバーグの人間はこんな洋服にはお目にかかったことがないんだ。

ライモン　ステキだな。手触りもなめらかでステキだな。

ワイニング　五十五ドルのスーツだ。大物が着る洋服なんだ。これを着るには、ピストルを持ってポケットにしこたま金をつめとかなくちゃな。おまえに三ドルで譲るよ。こんなスーツを着てるのを見たら、女たちは窓から落っこちるぞ。三ドル出して、さあ、これを着て通りを歩いて女をつかまえろ。

ボーイ・ウィリー　いいぞ、ライモン。ズボンも履いてみろよ。全部着て見せてくれ。

ライモンはズボンを履き始める。

ワイニング　どうだい……ぴったりだろう？　三ドル払って、自分のものにしろよ。ドーカー、見てみろ……似合うだろう？

ドーカー　ああ……いいスーツだ。

ワイニング　これに合うシャツがある。もう一ドルだ。四ドルで全部おまえのものだ。

ライモン　どうかな、ボーイ・ウィリー？

ボーイ・ウィリー　かっこいいよ……その手のが好きならな。俺はきちんとした服は苦手だ。それがおまえの趣味なら、よく似合ってる。

ワイニング　北部じゃ、この手のスーツが要るんだよ。

ライモン　全部で四ドル？　スーツとシャツで？

ワイニング　安いよ。二十ドルはもらってもいいんだが、おまえは同郷だから、特別だ。そうでなければ、四ドルじゃやれないよ。

ライモン　（ポケットを探り）オーケー……ほら四ドル。

ワイニング　靴はあるかね？　サイズはいくつだ？

ライモン　九サイズ。

ワイニング　俺が持ってるサイズじゃないか！　九サイズ。三ドルで譲るよ。

ライモン　どこにある？　見せてくれ。

ワイニング　これもまたいい靴なんだよ。立派な先革がついてさ。おまえが気に入るような尖った爪先でね。

ワイニングは靴を取りに行く。

ライモン　さあ、ボーイ・ウィリー、今夜はくり出そうぜ。街がどんなか見たいよ。映画に行ってもいいな。ねえ、ドーカー、このあたりで映画やってるかい？

ドーカー　ルンバ座だ。この先、フラートン通りだ。すぐ見つかるよ。スピーカーが歩道に出ていて、一ブロック手前からでも聞こえる。ボーイ・ウィリーが場所を知ってるよ。

ドーカーは自分の部屋に退場。

ライモン　ボーイ・ウィリー、映画に行こう。女を見つけようぜ。

ボーイ・ウィリー　おい、ライモン、あとどれぐらいスイカが残ってると思う？　積み荷の半分弱ってところかな……どうだろう？

ライモン　そんなもんだな。もうちょっとあるかもしれない。

ボーイ・ウィリー　そこにピアノが積めるかな？

ライモン　スイカを積み上げれば、前のほうに載るな。

ボーイ・ウィリー　あした、あの男にあたってみよう。

ワイニング　（靴を持って戻る）ほらほら……九サイズだよ。履いてみて。三ドルだよ。フローシャイム製の靴だ。スタッガーリー[*7]が履いているような靴さ。

ライモン　（靴を試しながら）ほんとに九サイズかな？

ワイニング　俺の足を見ろよ。おまえと俺は靴のサイズが同じってわかるだろう。おい、あのスーツを着て、この靴を履くと、けっこう格好がつくな。おまえはもう、怖いものなしだ。お相手のほうはどうかな？　この靴を履けば歩道の王様だよ。誰でも立ち止まっておまえの靴を見る。こんなのが欲しいって思いながらね。特別サービスだ。さあ、二ドルで持ってけ。

ライモンはワイニングに二ドル払う。

ライモン　さあ、ボーイ・ウィリー……女を見つけに行こう。二階に行って支度してくる。すぐに支度ができるから。おまえは着替えないのかい？

ボーイ・ウィリー　このままでいいんだ。俺は都会の野郎みたいに、めかしこまないんだ。

ライモンは二階へ退場。

ボーイ・ウィリー　ライモンは女のことしか考えちゃいない。

ワイニング　やつのおやじさんも同じだった。昔つき合ってたけどね。おふくろさんも知ってるよ。ひょっとすれば俺がやつのおやじになってたかもしれないんだぜ！　おやじさんはもう死んだけど……一度刑務所から出してやったことがあるんだよ。おやじさんは聖書のダニエル[*8]よろしく、ライオンの檻を通らされるはめになった。白人と取っ組み合いの喧嘩をして、たちまち保安官にぱくられたんだ。ライモンのおふくろと俺とのことは全部、そこから始まったんだよ。彼女は亭主が俺と付き合いがあることを知ってた。亭主が刑務所に入れられると、彼女は保安官のところに行って、百ドル差し出した。どこでその金を手に入れたかなんて訊いて、俺に嘘をつかせないでくれ。俺は知らないよ。保安官はその百ドルを見て、鼻先であしらった。こう言ったんだ「こんなもんじゃ役には立たん。あと百ドル上乗せしなくちゃな」。彼女は俺のところに来て、酒場で演奏してるのをつかまえて……五十ドルしか持ってないけれど、助けてもらえないかって言ったんだ。俺が考えるには……この五十ドルがなければ保安官はやつをパーチマン囚人農場に引き渡すだろう。パーチマンに送られるとすりゃ、しゃばに戻れるまで三年はかかる。さあ、はっきり言っておくぞ……俺は誰にだって五十ドルくれてやる。そいつが、三年間も刑務所暮らしをしなくてすむためならな。五十ドル彼女に渡すと、家に来ないかと言うんだ。俺から言い出したんじゃないよ。彼女が親切に招待してくれるんなら、俺は行くべきだと思った。俺はひとことも言わなくてもよかった。丁寧に招いてくれたんだ。「うちにいらっしゃいよ」って。彼女のほうもそれ以上言わなくてもよかった。そのせりふが彼女の口から感じよく出てきた。俺はそこに行って、三時間ぐらい座ってた。帰ろうとして、気が変わった。彼女が俺にしがみついて、「ベイビー、一晩中よ」って言ったんだよ。この世に生まれて、あれほど短く感じた夜もなかった！　あと八時間あっても大丈夫だった。ライモンのおやじは出所しても、俺に何も言わなかった。奇妙な顔して俺を見ただけだ。やつは俺と彼女ができてたことは、よくわかってたんだ。L・D・ジャクソンか。運の悪いやつだったな。ダンスパーティで殺された。男が入ってきたかと思うと、人違いして、やつを撃っちまったんだ。

ドーカーが自分の部屋から登場。

ワイニング　おい、ドーカー、L・D・ジャクソン覚えてるか？
ドーカー　ライモンのおやじだろう。ついてないやつだったよな。
ボーイ・ウィリー　汽車に乗る支度ができたね。
ドーカー　そうさ、走らせてこなくちゃな。

ライモンが階段から登場。新しいスーツと靴を身につけ、おまけに安いカンカン帽をかぶっている。

ライモン　似合うかな？
ワイニング　百万長者みたいだよ。似合うじゃないか、なあ、ドーカー？　さあ、トランプをしよう。トランプしたいだろう？
ボーイ・ウィリー　俺たちあんたとはトランプしないよ。女を探しに行くんでね。おい、ライモン、ワイニングとトランプするなよ。有り金巻き上げられるぞ。
ワイニング　（ライモンに）おまえが着てるのは、魔法のスーツだ。それを着てれば、女は簡単に見つかる……だが、呪文を知らないとな。女をつかまえる呪文を知ってるかね？
ライモン　俺が相手を気に入って、相手も俺が気に入るか、とにかく話してみればいいんだよ。
ワイニング　女にぐっと近づいて言うんだ、「あんたのところに港があるんなら、俺の船を入れてやるぜ」って。これがだめなら、「俺のポケットにあんたを入れられるかな」って訊くんだ。すると、まず、「小さすぎる」って答えるからさ、ここで、じっと相手の目を見つめる。「ベイビー、俺のは小さすぎるってことはないよ」。これでもだめなら、別のを探すんだ。俺の言うとおりだな、ドーカー？

ドーカー　こいつは女のことじゃあ、おまえの手ほどきなんか要らないよ。きょうびの女はその手には乗っかってこない。物を買ってやらなくちゃならん。このごろじゃ欲しいのはそればっかりだ。

ボーイ・ウィリー　ほら、俺はいつでも行けるぞ。ライモン、用意はいいか？　さあ、女を見つけよう。

ワイニング　俺も一緒に行く。ライモンを見て、女が窓から落っこちるのが見たいもんだ。

全員退場。溶暗。

二幕二場

台所にライトが当たる。その日の夜遅く。バーニースは台所で入浴のためにタライを用意している。ガス台で湯を沸かしている。ドアにノックの音。

バーニース 誰？

エイヴリー 俺だよ、エイヴリーだ。

バーニースはドアを開け、彼をなかに入れる。

バーニース エイヴリー、お入りなさいよ。今、体を洗おうとしてたの。

エイヴリー ボーイ・ウィリーはどこ？ 外のトラックはほとんど空っぽだ。スイカはだいたい売れたんだね。

バーニース あたしが家に帰ってきたら、出かけていたわ。どこに行ったのかしらね。ボーイ・ウィリーがそばにいると、イライラするの。

エイヴリー スイカを売れば……すぐいなくなるよ。

バーニース ミスター・コーエンはあそこを貸してくれるの？

エイヴリー 月に三十ドルで貸すって。三十五って切り出したら、むこうが三十でいいって言ってくれた。

バーニース　いい場所じゃない、ベニー・ダイアモンドの店の隣だし。

エイヴリー　バーニース……家で俺は考えた、あんたはあっちにいて、俺はここにいるんだって。結婚してない説教師ってどんなふうに見えるのか考えたんだ。結婚して落ち着いてるほうがいい教会員が集まるんだよ。

バーニース　エイヴリー……今はやめて。あたしはお風呂に入るの。

エイヴリー　あんたのことどう思ってるか、知ってるよね、バーニース。さて……ミスター・コーエンから場所は貸してもらった。銀行から金を借りて、すごく立派に整えられる。仕事のほうでも、時給を十セント上げてくれる……でもさ、バーニース、俺の心を慰めてくれるものは少ししかないんだよ。金のことで言えば、ポケットに穴があいてるみたいなもんさ。俺の人生であんたほど好きになった女はひとりもいない。必要なんだ。大事な人にそばにいて欲しいんだよ。俺の手にすっぽりおさまる女が要るんだ。

バーニース　エイヴリー、まだ結婚する気になってないの。

エイヴリー　あんたそのまま終わりにしちゃうには若すぎるよ。

バーニース　終わりにするなんて言ってないわ。まだ、女らしいところはいっぱい残ってるんだから。

エイヴリー　女らしいって、どこにあるんだい？　最後に確かめたのはいつのことだ？

バーニース　（エイヴリーのことばにぎょっとして）いやなこと訊くのね。それでも説教師？

エイヴリー　あんたのそばに行くといつだって……押しのけられる。

バーニース　マレーサの世話だけで精いっぱいなの。あたしには愛して、世話をしてあげる相手がもういるのよ。

エイヴリー　あんたを愛してくれる人はどこにいるんだ？　あんたのそばには誰も近寄れない。ドーカーだって、あんたには言いたいことの半分も言えない。ボーイ・ウィリーのことなんか、あんたぼろくそじゃないか。バーニース、誰があんたを愛してくれるんだい？

バーニース　女は男なしじゃ意味がないって言おうとしてるのね。でも、あなたはどうなの？　あたしなしにここから出て行っても……女なしでも、あなたは男でいられる。それはそれでかまわないのね。誰も「エイヴリー、誰があんたを愛してくれる？」なんて訊かない。あなたの場合はそれですむ。だけど、あたしのこととなると、誰もかれもが心配したがる。「バーニースはひとりでどうするんだろう？　男なしでどうやって子どもを育てるんだろう？　自分のことはどうするつもりだろう？　なんであんな暮らしをつづけるんだろう？」ってね。あたしのことをみんなが知りたがる。男なしじゃ女じゃないって、みんなして言う。さあ、どうかしらエイヴリー、あたしはどれぐらい女なのかしらね？

エイヴリー　俺のせいじゃないよ、バーニース。他人のことで責められたって困るよ。自分の悪いところなら認めるさ。でも、クローリーのことだの、他人の分まで責められてもね。

バーニース　誰も、どんなことも、責めてないわ。事実を言ってるだけ。

エイヴリー　バーニース、いつまでクローリーを引きずってるつもりだね？　三年以上もたつんだよ。あるとこまできたら、忘れて進まなくちゃ。人生いろいろあるさ。だけどそこで生きるのをやめるってことじゃない。自分を人生から切り離すってことじゃないんだ。クローリーの幽霊をかかえながら人生をやってくわけにはいかないよ。クローリーが死んで三年もたつんだ。三年だよ。

バーニース　クローリーがいつ死んだかぐらい知ってるわよ。そんなこと教えてもらわなくてもいいわ。今、結婚する気になれないだけよ。

エイヴリー　じゃあ、何をする気ならあるんだい？　毎日、毎日、ふらふら過ごしてるだけじゃないか。人生は日が流れていけばいいってもんじゃないんだよ。ある日気がつくと、何もかも目の前を素通りしてしまってたってことになる。手から人生がこぼれ落ちてしまって……何かしようと思ってもできなくなってるんだ。バーニース、俺は今ここに立ってる……でもいつまであんたを待って、こうして立ってられるかはわからないよ。

バーニース　エイヴリー、言ったでしょ……教会ができたら、落ち着いてこのことを話し合うって。今のところ、することがあんまりたくさんありすぎるの。ボーイ・ウィリーとピアノでしょ……それにサターの幽霊。あたしは幻を見てるのかって思ってた、でもマレーサもサターの幽霊を見たのよ。

エイヴリー　いつのことだね？

バーニース　きのうあたしが家に帰ったすぐあとに。ボーイ・ウィリーとピアノのことで言い争いしてたらね、サターの幽霊が階段のいちばん上に立っていたの。マレーサはもう二階で寝るのが怖いんだって。あなたが家を清めてくだされば、幽霊がいなくなるかもしれないわ。

エイヴリー　そうかなあ。そんなことで時間をつぶす必要はないと思うけどね。

バーニース　マレーサが怖がってるのに、二階で寝かせるわけにはいかないわ。あなたが清めてくだされば、いなくなると思うんだけど。
エイヴリー　そういうことは、特殊な説教師じゃないとだめかもしれないな。
バーニース　ボーイ・ウィリーが帰れば、幽霊も一緒について行くって、ずっと自分に言い聞かせてるの。あの子がサターを井戸に落としたに決まってるわ。
エイヴリー　南部じゃそういうことが長くつづいてるんだ。ずっとイエロードッグの幽霊が、人を井戸に突き落としてきた。ボーイ・ウィリーが大人になる、はるか昔からね。
バーニース　田舎の誰かが井戸に突き落としてるのよ。自分から身を乗り出して、井戸に落ちるなんてはずがないわ。風で落ちるってこともないしね。
エイヴリー　どうだかな。神は神秘的なことをなさる。
バーニース　神さまが突き落としたりはなさらないわ。
エイヴリー　神が落ちるように取りはからわれたんだ。神は偉大な原動者だ。どんなことでもおできになる。紅海を分けられた。わが敵を打ち懲らすとおっしゃった。トムソン牧師がイエロードッグの幽霊は、神の御業だという説教を昔してたな。
バーニース　誰がどんな説教したってどうでもいいわ。田舎の誰かが人を井戸に突き落としてるのよ。ボーイ・ウィリーみたいな人がね。あの子がそういうことをするのが目に見えるようだわ。サターが身を乗り出して井戸に落ちたなんて言ったって信じない。ボーイ・ウィリーが土地を手に入れたくて、突き落としたに決まってるわ。

エイヴリー　ドーカーはボーイ・ウィリーがピアノを売るのに賛成かね？

バーニース　ドーカーはピアノにはうんざりなの。前からピアノなんてごめんなのよ。チャールズとうさんのそばに残らなかったことで、自分を責めていてね。ずっと昔にピアノから手を引いた。あたしがピアノをここに持ってくるのもいやだったのよ。でもあたしは、ピアノを南部に置いて来るわけにはいかなかったし。

エイヴリー　さて、誰かがボーイ・ウィリーと話をつけなくちゃならないようだね。

バーニース　あの子と話なんかできないわ。ずっとああいうふうだったんだから。オーラかあさんはあの子と話をするのに骨を折ったわ。あの子は人の言うことなんか聞かないの。とうさんとそっくり。何かしようと思いつくと、梃子《てこ》でも動かないんだから。

エイヴリー　教会で聖歌隊を始めればいいよ。あんたがピアノを使うつもりだってわかれば……うちの教会に置くって言えば……彼だって考えを変えるかもしれないよ。教会に置いて、聖歌隊を始めるんだ。聖書は「神に喜ばしい音を捧げよ」と言ってる。あんたがピアノを使うつもりだってことがわかれば、たぶん考えを変えるよ。

バーニース　言ったはずよ、あのピアノは弾く気がしないって。いつまでも聖歌隊のことなんか言ったって無駄。かあさんが死んだとき、ピアノの蓋を閉めたわ。それからあたしは一度も開けたことがない。かあさんのためにしか弾かなかったの。とうさんが死んだとき、かあさんの人生のすべてが、ピアノのなかに閉じこめられてしまったみたい。あたしにピアノを弾かせたっけ……ミス・ユーラを呼んであたしにピアノを習わせて……あたしが弾くと、とうさんの声が聞こえるって。

あたしは彫刻がピアノから抜け出して、家のなかを歩くような気がしたものよ。ときどき夜遅く、かあさんがその人たちに話しかけているのが聞こえた。あたしはそういうことはいやだって思った。あのピアノは弾かないの。亡霊を目覚めさせたくないから。亡霊たちが家のなかを歩きまわるなんてごめんだわ。

エイヴリー　バーニース、もう忘れなさい。

バーニース　マレーサには弾かせてるの。あの子は何も知らないわ。がんばって先生にでもなれればね。あの子は昔のこと全部を背負っていかなくたっていいのよ。あの子には、あたしにはなかったチャンスがある。あの子にピアノのことで重荷を負わせたくないの。

エイヴリー　バーニース、もうそのことは忘れなくちゃ。クローリーの件と同じだよ。誰の道にも石ころがある。それを踏んで行くか、さもなければよけて通るかだ。あんたときたらそれを拾って、持ち運んでる。道の端に置きさえすればいいんだよ。そんなもの運ばなくたっていいんだから。今すぐあそこに行って、ピアノを弾けるんだ。あんたが今すぐ行くなら、神が一緒に歩いてくださる。今すぐ石のつまった袋を道の端に下ろして、捨てて置けばいい。そんなもの運ぶ必要はないんだよ。今すぐにできるんだ。（エイヴリーはピアノのところに行って、蓋を開ける）さあ、バーニース……袋を下ろして、捨てて置きなさい。さあ、「シオンの古い船」を弾いて。ここに来て神の楽器だとはっきり言いなさい。今すぐここに来て、祝典を捧げられるんだよ。

バーニースはピアノのほうに歩いていく。

バーニース　エイヴリー、もう言ったはずよ、あのピアノは弾きたくないって。今も、これから先もね。

エイヴリー　聖書には、「神はわが避難所……わが力なり！」と書いてある。神の御力があれば、過去を捨て去ることができるんだよ、バーニース。神の御力があればどんなことでもできるんだ！　神には輝かしいあしたがある。神がお尋ねになるのは、今までに何をしたかじゃない……これから何をするつもりかだ。神の御力は山をも動かすんだ！　神はあんたに輝かしいあしたを用意しておられる……あんたはここに来て、それを求めさえすればいいんだ。

バーニース　エイヴリー、もう行って、あたしにお風呂をすまさせて。あした、またね。

エイヴリー　オーケー、帰るよ。帰って聖書を読むよ。そして、あした……神が力を授けてくださったら……ここに来て、家を清めよう……神の御力を見せてあげよう。（ドアのほうへ行く）大丈夫だよ、バーニース。神は荒れた海を静めようとおっしゃる。あした来て、家を清めるよ。

暗転。

二幕三場

数時間後。明かりの消えた家。バーニースは寝室に引き取っている。ボーイ・ウィリーがグレースと暗い家に登場。

ボーイ・ウィリー　入れよ。姉貴の家なんだ。俺の姉貴が住んでるんだよ。さあ、俺、嚙みついたりしないからさ。

グレース　電気つけて。見えないわ。

ボーイ・ウィリー　見えなくても大丈夫だよ、ベイビー。ここだけ見えればいい。俺のことだけ見てればいいよ。暗くて見えなけりゃ、俺に触ればいいさ。どうだい、シュガー？

彼は彼女にキスしようとする。

グレース　ねえったら……待ってよ！

ボーイ・ウィリー　ちょっとキスさせてくれよ。

グレース　（彼を押しのけて）ねえ。あたしどこで寝るの？

ボーイ・ウィリー　俺たちこの長椅子で寝るんだよ。さあ、姉貴はうるさいこと言わないから。ライモンが帰ってきたら、やつは床に寝ればいい。ドーリーとどっかに消えたから、そこにずっといればいいんだよ。さあ、シュガー。

グレース　ちょっと待って……長椅子なんて言わなかったじゃない。ベッドがあるんだって思ってた。ふたりで小さな長椅子になんか眠れないわ。

ボーイ・ウィリー　そんなことは関係ないんだ。床にふたりで寝ればいいよ。ライモンは長椅子で寝かせればいい。

グレース　長椅子なんて言わなかったじゃない。

ボーイ・ウィリー　だったらどうなんだよ？　俺と一緒にいられりゃいいんだろうが。

グレース　あんたと一緒に長椅子で寝るのなんかいやよ。ベッドもないの？

ボーイ・ウィリー　おい、ベッドなんか要らないんだ。俺のじいちゃんは、馬の背中で女とやったんだぜ。何でベッドが要るんだ？　俺と一緒にいられりゃいいんだろう。

グレース　あんたって田舎者ね。こんなに田舎者だって思わなかったわ。

ボーイ・ウィリー　おまえ、俺のことは知らないことだらけだよ。さあ、この田舎者がどんなにすごいか見せてやろう。

グレース　あたしのとこに行こうよ。ベッドのある部屋よ、リーロイが帰ってこなけりゃだけど。

ボーイ・ウィリー　リーロイって誰？　リーロイのことなんて聞いてないよ。

グレース　あたしの昔の男。帰って来ないわ。別の女と消えちゃった。

ボーイ・ウィリー　鍵渡したのか？

グレース　帰って来ないわよ。

ボーイ・ウィリー そいつに鍵渡したのか？

グレース 鍵は持ってるけど、帰って来ないの。別の女と姿を消したんだから。

ボーイ・ウィリー 俺は男が帰ってくるかもしれないところなんか、行きたくねえ。ここにいよう。ほらってば、シュガー。（彼女を長椅子のほうへ引っぱって行く）あんたのボンネットを上げてと、オイルをチェックしよう。バッテリーに充電する必要があるかどうかね。

彼女を自分のほうに引き寄せる。キスして互いの衣服を強く引っぱる。もどかしく動くうちにランプを落としてしまう。

バーニース 誰なの……ワイニング？

ボーイ・ウィリー 俺だよ……ボーイ・ウィリー。また寝てろよ。何でもないから。（グレースに）俺の姉貴だ。何でもないよ、バーニース。寝てろよ。

バーニース そこで何してるの？ 何を落としたの？

ボーイ・ウィリー 何でもないって。大丈夫だから。寝てなよ。（グレースに）俺の姉貴だ。平気だよ。姉貴はまた寝ちゃったから。

ふたりはキスし始める。バーニースがナイトガウン姿で階段から登場。電灯をつける。

バーニース　ボーイ・ウィリー、あんたここで何してるの？

ボーイ・ウィリー　そこのランプだったんだ。壊れてないよ。大丈夫だ。何でもないから。ベッドに戻れよ。

バーニース　ボーイ・ウィリー、うちではこんなことは許さないの。あんたのおつれさんを、どっかに連れて行きなさい。

ボーイ・ウィリー　大丈夫だって。俺たち何もしてないよ。ここに座って話してるだけだよ。これはグレース。あっちは姉貴のバーニースだ。

バーニース　あのね、こういうことはあたしの家では許してないの。

ボーイ・ウィリー　許すって、何を？　ここに座って話してるだけだよ。

バーニース　あんたのおつれさんには帰ってもらうわ。朝になったら、また話しに来てね。

ボーイ・ウィリー　もう二階に戻れよ。

バーニース　二階には十一歳の女の子がいるの。ここではそういうのは許さないの。

ボーイ・ウィリー　そんなこと誰も言ってないじゃないか。ただしゃべってるだけって言っただろう。

グレース　ねえ……うちに行こうよ。出て行けなんて何度も言われるのイヤだよ。

ボーイ・ウィリー　姉ちゃん、こんな態度とらなくてもいいだろう。

バーニース　お嬢さん、悪いわね。でも、弟はあたしが許してないってわかってるのよ。

グレース　二度も言ってくれなくてもいいよ。邪魔にされるところになんかいないわ。

ボーイ・ウィリー　なんだってつれの前で恥かかせるんだよ。

グレース　ねえ、送ってよ。

バーニース　ほら、あんたのつれと出て行きなさいよ。

ボーイ・ウィリーとグレース退場。バーニースは台所の明かりをつけ、ヤカンをかける。すぐにドアにノックの音。バーニースが出て、ドアを開ける。ライモンが登場。

ライモン　やあ、バーニース。寝てると思ってたよ。ボーイ・ウィリーは帰ってきた？

バーニース　たった今出て行ったところ。

ライモン　映画を見るつもりだったんだけど、映画には行かなかった。俺たちいつも最後は別のことしちゃうんだな。俺が見つけた女はさ、俺の金を全部飲んじゃおうってやつでさ。だから彼女をおいて、ボーイ・ウィリーを探しに戻ったんだ。

バーニース　行き違いだったわ。ちょうど出て行ったところ。

ライモン　この街にはいい女がいる。ここがすっごく気に入った。女がドレス着てるのはいいもんだな。ハイヒールはいちゃってさ。好きだよ。ほんとに極上って感じになるもんな。ボーイ・ウィリーは今日、すごくかっこいいのに会ったよ。俺が先に見つければよかったんだがな。

バーニース　あの子はちょっと前に女の人を連れて来たけど、そういうことは、この家の外でしてってって言ったの。

ライモン　どんな女だった、連れてきた女は？　褐色の肌で、このくらいの背だった？　かっこよくて、健康そうだった？　いいヒップでさ？

バーニース　赤いドレスだったわ。

ライモン　それだ！　グレースだ。すごくかわいいんだ。よく笑ってさ。一緒にいて楽しいんだな。気取ってないんだ。シバの女王みたいに気取る女もいるけどさ。そういうのは趣味じゃない。グレースはそうじゃなくてさ、すごくいい感じなんだよな。

バーニース　どんな人だったか憶えてないけど。ボーイ・ウィリーったらすっかり酔っぱらって帰って、ランプをひっくり返して、大きな音をたてて。そういうことは、よそでしてって言ったのよ。グレースがどんな人だったか、わからないわ。

ライモン　すごくいいんだ。ボーイ・ウィリーより先に、俺が見つけてたんだ。でも、目をつけたって相手に悟られないようにしてた。話しかける前に彼女を眺めようと思ってさ。俺が酒場に入って行ったとき、彼女は俺を見た。俺は彼女が目に入らなかったふりをした。俺があたりを見まわしてから彼女を見ると、もうボーイ・ウィリーが彼女に話しかけてたんだ。彼女はやっと話しながら、俺のほうばかり見てた。そこに彼女の友だちのドーリーが来てさ。映画見に行かないかって声をかけると、考えてみるから、酒をおごってって言うんだ。それから気がつくと、彼女は三杯も飲んでて、疲れて映画に行きたくないなんて言ってる始末だ。もう一杯おごって、出てきた。ボーイ・ウィリーの姿がなかったから、ここに帰ってるのかと思ったんだ。ドーカーは出かけたんだね？　旅に出るって言ってたよね。

バーニース　そう、旅に出たわ。こういうときはいつも静かにくつろげるの。マレーサも寝たし。

ライモン　あの子はあんたにそっくりだね。大きな目でさ。まだおしめのころを覚えてる。
バーニース　どんどん時がたつのね。あたしたちのことにはおかまいなしに。もうすぐ十二歳よ。
ライモン　ほんと、かわいいよ。俺、子どもは好きだ。
バーニース　ボーイ・ウィリーがあんたはこっちに残るんだって言ってたけど……こんな大都会で何するつもり？　考えたことあるの？
ライモン　俺は南部には帰らせてもらえないんだ。保安官に追われてるからね。俺がいやがってるのに、誰かのところで働かせようって魂胆なのさ。金も払わずに、ストーヴァルのところで働かせようとしてるんだ。ここじゃそんなことはない。北部なら、だいたいやりたいようにできる。俺は仕事を見つけて、暮らしを立てて、一年でどうなるかやってみたいんだ。むこうでも何回かやってみたけど……うまくいったためしがないんだ。いつだって俺は場違いなんだよな。
バーニース　慣れれば、ここは悪い場所じゃないわ。
ライモン　ここなら田舎と違う。貨車の積み下ろしの仕事でも見つけるよ。いい場所知ってるってやつがいる。来週そいつと行ってみるつもりだ。スイカを売ったら、しばらく食いつなぐ金が手に入る。とにかく俺はどんな仕事があるか、そこに行ってみようと思ってるんだ。
バーニース　仕事を見つけるのはそんなにむずかしくないはずよ。どういう態度をとるかにかかってるのよね。いい、ボーイ・ウィリーなんかここじゃ仕事が見つからないわ。雇った人はたいへんな面倒を背負いこむことになるから。それがわかるとすぐ首よ。あの子は何をするにも自分流のやり方でなくちゃ気がすまないんだから。

ライモン　そうだな。女がいるかどうか、まず映画に行ってみようって俺は言ったんだ。家にいるのが退屈になって映画に来てる女がいるかもしれないからね。あいつは手始めに、そのへんを物色したいって言うんだ。映画館にはとうとうたどりつかなかった。一、二か所試して、それから酒場に行って、グレースに会った。俺が先に声をかけようと思ったのに、あいつに出し抜かれた。俺たち、ワイニングが座ってほら吹いてるのを、そのまま置いてきた。このスーツを着たら女に出会えるって彼は言ったけど、だいたい当たってたな。

バーニース　酒場なんかに行かなくてもいいのに。どんなものにひっかかるかわかったもんじゃないわ。ナイフだのピストルだので襲われるかもしれない。そんなところに行かなくてもいいのに。そんな荒れた生活し始めると大変よ。早く老けるわ。ああいうところの女が何を考えているんだか、あたしにはわからない。

ライモン　だいたいは淋しくて、一緒に夜を過ごせる人を探してるんだよ。相手が誰か気になるときもあるし、誰とだっていいときもある。俺も昔はそうだった。今は気になるよ。だからここに戻って来たんだ。ドーリーはまた会っても、俺だってこともわからないよ。そういう女はイヤなんだ。俺の女に、楽しく気楽に俺と一緒にいて欲しいんだ。そうすればふたりとも楽しい思いができる。世界に俺たちふたりみたいなのはないって思うんだ。お互いにどんなにぴったりか確かめ合わなくちゃね。そんなことをわざわざする気がない女には興味がない。昔はあったけどさ。女なら誰でも興味があった。あるとき目を覚まして、つれの女が誰だかわからなかった。見たこともないような、とびっきりの美人だった。一晩中一緒にいたのに、そのことに気がつきもしなかった。

彼女をわざわざ見ようともしなかったんだな。彼女も俺がちゃんと見てないことに気づいてたみたいだ。きっとわかってたんだ、二度と俺に会おうとしなかったからね。もし彼女が会いたがってたら、きっと結婚してただろうな。あんたはどうして結婚しないの？　結婚してるだろうって思ってたけど。エイヴリーのことは田舎のころから知ってる。やつのことを、もっさりしたエイヴリーって呼んでた。今じゃエイヴリー牧師だ。やつが説教師になるなんて、なんだかおかしいけどさ。羊人間だの、渡り労働者だのの夢を見ているうちに、お告げがあったって話はよかったな。俺なんか夢でそんなことが起こったことは一度もない。俺は女の夢ばっかり見てるからな。ぴったりの女にはとうてい会えそうもないよ。

バーニース　どこかにいるって。その人に会う準備をしておかなくちゃね。あたしもそうしてるところ。エイヴリーはいい人よ。でも、ほんとうのところは、心に決めた人はいないの。

ライモン　俺は仕事と住む場所を見つけて、女を居心地よくしてやれるようになったら、結婚するかもしれない。エイヴリーは立派だよ。思い切って結婚したらいい。説教師の妻になれば働かなくてもいいんだよ。俺はひとりで暮らすのが嫌いだ。おふくろの迷惑になるのがいやで十六歳ぐらいで家を出た。俺のやったことは、どれもこれもうまくいかなかったみたいだけど、またがんばってみようと思うんだ。

バーニース　がんばっていれば、道がひらけるわ。

ライモン　映画に行ったことある？

バーニース　残念ながらないの。

ライモン　映画なら大丈夫だ。ギャンブルだの悪いことするんじゃないから。ジャクソンで一度行ったことがあるんだ。おもしろかったよ。

バーニース　あたしはたいてい家にいるの。マレーサの世話をしてね。

ライモン　もう夜遅いな。ボーイ・ウィリーはどこに行ったんだろう。帰って来そうもないな。靴を脱ごう。足が痛くなった。ベッドに入ってたの？　寝るのを邪魔するつもりはないよ。

バーニース　邪魔なんかしてないわ。ボーイ・ウィリーに起こされてから眠れないの。

ライモン　ナイトガウン着てるんだね。俺、女の人がステキな寝間着なんか着てるの好きだな。肌がすごくきれいに見えるもの。

バーニース　これ安売り店で買ったの。ステキなのじゃないわ。

ライモン　俺、そういうのを着た女の人を見ることってあんまりないんだよね。（長い間がある。ライモンは上着を脱ぐ）さて、この長椅子で寝るかな。床で寝ることになってるんだけど、ボーイ・ウィリーは今晩は帰りそうもないし。ワイニングからこの服を買った。魔法の服って言ってたな。あしたもこれを着よう。彼の言うとおり女にありつけるかもしれない。（上着のポケットをさぐり、香水の小ビンを取り出す）これを忘れるところだった。どっかの男から一ドルで買ったんだ。パリ製だって。フランス女王がつけてるのとおんなじだってさ。そう言ってた。ほんとかどうか知らないけどね。匂いをかいだんだ。俺はいい匂いだと思った。さあ……気に入るかどうか、かいでごらんよ。ドーリーにやるつもりだった。でも、あいつのことあんまり好きじゃないんだ。

バーニース　（ビンを取って）いい匂い。

ライモン　ドーリーが俺と一緒に映画に行ったらやるつもりだった。さあ、あんたとっとけよ。
バーニース　だめよ。さあ……あなたがとっておいて。誰かあげる人が見つかるわ。
ライモン　あんたにあげたいんだよ。あんたをいい匂いにしたいんだ。（ビンを取って、バーニースの耳のうしろにつける）聞いたところじゃ香水はちょうど耳のうしろにつけるんだってね。そこにつけると一日中いい匂いがするんだってさ。（ライモンが触るとバーニースは体を固くする。ライモンは体をかがめて、彼女の匂いをかぐ）さあ……すごくいい匂いになった。（ライモンは彼女の首にキスする）あんたはライモンのために、いい匂いがするんだ。

ライモンはもう一度キスする。バーニースはキスを返し、抱擁を解き、階段のほうへ行く。彼女は振り返り、ふたりは互いに静かに見つめ合う。ライモンは彼女に香水のビンを渡す。バーニースが階段から退場。ライモンは上着を取り、それがほんとうに魔法の上着であるとはっきりわかって、うっとりとなでる。溶暗。

二幕四場

翌朝遅く。客間にライトが当たる。ライモンは長椅子で寝ている。ボーイ・ウィリーが玄関から登場。

ボーイ・ウィリー おい、ライモン！ ライモン、起きろ。
ライモン ほっといてくれ。
ボーイ・ウィリー オイ、貴様、起きろよ！ 起きろ、ライモン。
ライモン 何の用だ？
ボーイ・ウィリー さあ、行こう。俺、ピアノのことで連絡とったんだ。
ライモン どのピアノ？
ボーイ・ウィリー （ライモンを床に落とす）さあ、起きろよ！
ライモン どうしていなくなったんだ？ 探したのに消えちゃってさ。
ボーイ・ウィリー 俺はグレースとここに帰って来たんだ。それからおまえを探しに出た。ドーリーと一緒だと思ってたよ。
ライモン あの女はとにかく飲んで、俺の金をみんな使ってしまおうってやつなんだ。映画に行こうと思って、おまえを探しにここに戻ったんだ。
ボーイ・ウィリー 俺はグレースの家にいた。リーロイとかいう野郎が来たけど、ドアに椅子を押しつけといたんだ。なかに入れないんで野郎は頭にきて、どこかに行った。俺は野郎が戻る前に出てきたんだ。俺たちがここに来たら、姉貴がすごく怒ってさ。

ライモン　あんたがランプを落として、そこいらをめちゃくちゃにしたって言ってたよ。

ボーイ・ウィリー　グレースがやったんだよ。

ライモン　ワイニングがきのうの晩、サターの幽霊を見たって。

ボーイ・ウィリー　ワイニングなら何だって見ちゃうさ。ちゃんと家に戻れただけでもびっくりだよ。ほら、ピアノのことで連絡とってきたぞ。

ライモン　何て言ってた？

ボーイ・ウィリー　運び出せだって。俺は姉貴の、バーニース・チャールズの代理で電話してるって言ったんだよ。千百ドルで欲しいっていう人がいるけど、それ以上出せるか訊いたんだ。「そうだな、思ってるピアノなら、千百五十ドル出してもいい」だって。それでもう一度ピアノの説明をしたら、運び出すようにだってさ。

ライモン　取りに来いって言えばよかったのに。

ボーイ・ウィリー　姉貴ともんちゃく起こしたくなかったんだ。こうすればピアノを運び出せばそれで片づくからな。むこうは引き取りに二十五ドル取ろうとしてるし。

ライモン　千二百ドルで買いたがってると言えばよかったのにな。

ボーイ・ウィリー　千百ドルでも大博打だと思ったんだ。千二百なんて言ったら、逃げられるかと思ってさ。こうなりゃ、千二百五十ドルって言えばよかった。ときどき白人が何考えてるんだかわからなくなる。

ライモン　いくらふっかけてもよかったのかもしれないな。白人ってのは大金持ってるから。

ボーイ・ウィリー　さあ、姉貴が帰る前に、積んでしまおう。そっちの端を持て。そっちを持ち上げるだけでいいぞ。こっち側は心配するな。少し準備体操するか?

ライモン　いや、大丈夫だ。

ボーイ・ウィリー　しっかりつかむんだぞ。

サターの幽霊の音がする。ふたりは気がつかない。

ライモン　俺はこっち側を持つ。おまえはむこうだ。

ボーイ・ウィリー　よしというまで待つんだぞ。いいな。しっかり持ったか?　つかんだか?

ライモン　うん、つかんだ。そっちを持ち上げてくれ。

ボーイ・ウィリー　いいか?　持ち上げろ!

ピアノはびくともしない。

ライモン　おい、おい、重いピアノだな!　俺たちふたりじゃ動かすのは無理かもしれん。

ボーイ・ウィリー　できるさ。さあ、前にもやったぞ。

ライモン　バカ、むちゃだよ！　このピアノは五百ポンドはある！

ボーイ・ウィリー　俺が三百ポンド持つ！　おまえ、二百ポンドなら持てるじゃないか！　おまえ、綿の袋なら持ったことあるだろう！　さあ、このピアノを持ち上げるんだ！

ふたりはまたピアノを動かそうとするが、うまくいかない。

ライモン　くっついてるな。何かで止めてあるよ。

ボーイ・ウィリー　なんでピアノがくっついてるんだ？　動かしたことがあるじゃないか。おまえの側を滑らせろ。

ライモン　ダメだ……あと二、三人は要る。どうやってこんな大きなピアノを家に入れたんだろう？

ボーイ・ウィリー　どうやって入れたかは知らないけどさ。どうやって出すかはわかってる！　おまえがこっちを持て。俺は三百五十ポンド分持ち上げるぞ。おまえの側を前に滑らせばいいだけだ。いいか？

ふたりは位置を交換して、再度やってみるがうまくいかない。ピアノを押したり突いたりしていると、ドーカーが自分の部屋から登場。

ライモン　ヘイ、ドーカー……どうやってこのピアノを家に入れたんだい？

ドーカー　ボーイ・ウィリー、何してるんだ？

ボーイ・ウィリー　ピアノを家から運び出してるんだ。ほかに何をしてるように見える？　さあ、ライモン、もう一度やってみよう。

ドーカー　バーニースが帰るまで、そのままにしておけ。

ボーイ・ウィリー　ドーカー、あんたには関係ないよ。俺の問題だ。

ドーカー　オイ、ここは俺の家だ！　ここから何ひとつ運ばせないぞ、おまえにだって、ほかのやつにだって。俺の許可なしには、ここから何も運び出させないんだ！

ボーイ・ウィリー　俺のピアノじゃないか。あんたの家から俺の持ち物を運び出すのに、あんたの許可なんか要るもんか。これは俺のだ。あんたに関係ないよ。

ドーカー　バーニースが帰るまで、そのままにしておけって言ってるだけだ。あの子にも権利はある。あの子が何て言うか確かめるまで、そこに置いとけ。

ボーイ・ウィリー　姉ちゃんが何と言ったってかまやしない。さあ、ライモン。俺はこっち側を持つからな。

ドーカー　よし、そうしたいならふたつに切れ。バーニースの半分はそこに置いておけ。おまえの分をどうしようと口出ししない。だが、バーニースの分まで持っていくのは、ほっておけないんだ。

ボーイ・ウィリー　なあ、ドーカー、あんたはこの件には関係ないんだよ。今、ごちゃごちゃ言い出さないで欲しいんだな。ほっといてくれよ。さあ、ライモン。俺はこっちを持ったぞ。

ドーカーは自分の部屋に退場。ボーイ・ウィリーとライモンはピアノを動かそうとする。

ライモン　どうやってトラックに積もうか？

ボーイ・ウィリー　トラックに積むことなんか心配するな。この家から出すのが先だ。

ライモン　これを動かすには、俺たちだけじゃ無理だな。

ボーイ・ウィリー　バカ、そっち側を持ち上げろ！

ドーカーが自分の部屋の入り口に来て、立つ。

ドーカー　（威厳をもって静かに）バーニースが帰るまで、ピアノをそこに置いておけ。そのあとどうしたって俺は知らん。だが、今は触るんじゃない。

ボーイ・ウィリー　そうか……ドーカー、言っとくけど、俺は出かけて……ロープを手に入れる……板とキャスターを探して……戻ってくる。それからピアノを運び出す……売っ払って、金を半分姉ちゃんに渡す。いいかい……俺はそのつもりだ。だから、あんたにも……ほかの誰にも邪魔させない。さあ、ライモン……ロープなんかを探しに行こう。ドーカー、すぐ帰るからな。

ボーイ・ウィリーとライモンが退場。溶暗。

二幕五場

ライトが当たる。ボーイ・ウィリーはソファに座って、木の板にキャスターをネジで止めている。マレーサはピアノの椅子に座っている。ドーカーはテーブルで一人トランプをしている。

ボーイ・ウィリー　（マレーサに）それから、そのあたりの白人たちが、自分の家の井戸に落ちるようになったんだよ。井戸って見たことある？　井戸のまわりには石の囲いがあって、なかなか落ちないようになってるのさ。体をぐっと乗り出さなくちゃならないもの。どうしてこの人たちが井戸に落ちたのか、誰もはっきりわからなかったんだ……だから、きっとイエロードッグの幽霊が突き落としたんだって、みんなが言い出した。貨車で焼き殺された四人の男のことを、そう呼んでたんだけどね。

マレーサ　どうしてそんな呼び方したの？

ボーイ・ウィリー　ヤズー・デルタ線じゃ黄色い貨車を使ってたからだよ。汽笛の音がときどき年取った犬の遠吠えみたいに聞こえたから、みんながイエロードッグって呼んだんだ。

マレーサ　幽霊を見た人っているの？

ボーイ・ウィリー　言っただろ、幽霊って風みたいなもんだって。風は見えるかい？

マレーサ　見えないよ。

ボーイ・ウィリー　幽霊は風みたいだから、見えないんだよ。でもときどき困ったことがあると、そばで助けてくれるんだ。サザン鉄道がイエロードッグ線と交差するところ……ふたつの線路がぶつかるところに行って……幽霊の名前を呼ぶと……むこうから返事があるんだってさ。知らないよ、俺は試したことないからね。ワイニングおじさんはそこに行って、幽霊に話しかけたんだって。そのことはおじさんに聞かなくちゃね。

バーニースが玄関のドアから登場。

バーニース　マレーサ、さあ髪の毛の手入れをしてあげるから用意しなさい。（マレーサは階段のほうへ行く）ボーイ・ウィリー、この家から出て行くようにもう言ったはずよ。（マレーサに）さあ、マレーサ。

マレーサは二階に上がるのをためらう。

ボーイ・ウィリー　怖がらないで。ほら、一緒に行ってあげるよ。サターの幽霊が出たら、ぶん殴ってやるからね。さあ、ボーイ・ウィリーおじさんが一緒に行くよ。

ボーイ・ウィリーとマレーサは階段を上り退場。

バーニース　ドーカー、ここで何が始まったの？

ドーカー　家に帰ってみると、やつとライモンがピアノを動かそうとしてたんだ。あんたが帰るまでそのままにしておけと言ったんだよ。やつは出て行って、板とキャスターを持ってきた。ピアノをここから運び出す、誰にも邪魔させないと言ってる。

バーニース　あたし、本気なんだから。クローリーのピストルが二階にあるわ。ボーイ・ウィリーはわかってないけど、あたしは片を付けるつもりよ。ライモンはどこ？

ドーカー　あんたが帰ってくるちょっと前に、ボーイ・ウィリーがロープを買いにやった。

バーニース　どうでもいいわよ、ボーイ・ウィリーやライモンなんか。もちろんロープもね。この家からピアノを運び出させるもんですか。それだけははっきりしてるわ。

ボーイ・ウィリーとマレーサが階段から登場。マレーサは加熱櫛と髪油を持っている。ボーイ・ウィリーは部屋を横切り、板にキャスターをネジで止める作業をつづける。

マレーサ　ママ、髪油がみんななくなっちゃった。ほんのちょっぴりしか残ってないよ。

バーニース　（一ドル渡して）さあ……通りの向こうに行って一缶買っておいで。まっすぐに帰るのよ。そこらで遊んでちゃだめ。車に気をつけてね。通りを渡るとき注意するのよ。

マレーサは玄関から退場。

バーニース　ボーイ・ウィリー、家から出て行くようにもう言ったでしょ。

ボーイ・ウィリー　俺はあんたの家になんかいないよ。ドーカーの家にいるんだ。ドーカーが出て行けって言うなら、さっさと出て行くよ。でもあんたの場所からは、もう出たって思っててくれ。

バーニース　ドーカー、出て行くように言ってよ。出て行けって言って。

ドーカー　こいつは俺に対しては、追い出さなくちゃならないようなことはしてない。もし、ふたりとも仲良くできないんだったら、お互いにかかわり合うなよ。

ボーイ・ウィリー　俺はバーニースのことなんか知らないよ。（立ち上がって、床に足で線を引く）さあ！この家のあんたの持ち分の外にいるよ。あんたの場所からはもう出たって思っててくれ。ライモンがロープを持って帰ってきたら、すぐにピアノを運び出して売るぞ。

バーニース　ピアノには触らせないよ。

ボーイ・ウィリー　いいさ、堂々と運び出してみせる。サターの土地を手に入れるとなったら、おやじならこうするっていうやり方でやるんだ。

バーニース　あんたがピアノに手を出さないようにするもの持ってるのよ。

ボーイ・ウィリー　三十二口径なんかよりましなものじゃなくちゃダメだ。

ドーカー　いい加減にしたらどうだ！　ボーイ・ウィリー、さあバーニースにからむな。バーニースがどうなるか知ってるだろうが。どうしてそんなところにいて、喧嘩を売るんだ？

ボーイ・ウィリー　喧嘩なんか売ってない。真実を話してるだけさ。姉ちゃんのほうが自分が何を持ってるか言い出したんだ。俺はもっとましなのを使えと教えてやっただけだ。

バーニース ドーカー、いいのよ。ほっておけば。

ボーイ・ウィリー 姉ちゃんは俺を脅そうってしてるんだ。クソッ、俺は死ぬのなんか怖くないんだ。まわりを見れば、毎日誰かが死んでいく。ほかのやつに場所を譲るために死ななくちゃならないのさ。俺の飼い犬が死んだっけ。ほんの子犬だった。俺は犬を抱き上げ、袋に入れて、C・L・トンプソン牧師の教会に運んだ。そこに運んで、キリストに、聖書のなかで男を生き返らせたみたいに、犬を生き返らせてくださいってお願いした。すごく一生懸命に祈った。ひざまずいたりしてね。キリストの御名を通してお願いしたんだ。そうさ、キリストの名前を二百回は呼んだな。口がひりひりするまで呼んだんだ。立ち上がって袋を見た。犬は死んだままだった。ぴくりともしない！ 俺は言った「どんなものでも死ぬんだな」。それから外に出て猫を殺した。そのとき俺は死というものの力を知ったんだ。いいか、死ぬのが怖くないニグロってのは、白人にとって、いちばん始末が悪いんだ。殺すぞなんて脅かして押さえつけておけないからな。俺は猫を殺したときそれがわかった。俺にだって死ぬ力も殺す力もあるんだ。死神を思いどおりにできる。呼び出すこともできる。白人はそういうのは見たくないんだ。黒人が立ち上がってまともにやつらの目を見据えて、「殺すのも、殺されるのも怖かねえ」なんて言われると困るからさ。そうなりゃ黒人をきちんと扱わなくちゃならなくなるもんな。

バーニース ほら、ドーカー、これだからこの子と話したくないのよ。話そうとすると、いつだって口から出るのはこの手の話ばっかり。

ドーカー　エイヴリーは聖書を取りに家に戻ったのかい？

ボーイ・ウィリー　あいつは何をしようってんだ？　エイヴリーなんかどうってことないさ。ピアノのことで俺に何か言えるものなら言って欲しいね。

ドーカー　バーニースはその件については話してない。エイヴリーは聖書を取りに戻っただけさ。家を清めて、サターの幽霊を追い出せるかどうかやってみるんだ。

ボーイ・ウィリー　教会にだって幽霊がうようよしてるじゃないか。なんだってやつはよその幽霊を追っぱらうんだよ？

マレーサが玄関から登場。

バーニース　ガスに火をつけて、櫛をその上に置いて熱くするのよ。肩に何か掛けてきなさいね。

ボーイ・ウィリー　聖書じゃ、目には目、歯には歯、命には命って言ってる。やられたらやりかえせだ。それなのに、姉ちゃんもエイヴリーもそこは信じようとしない。その部分は無視して、そんなもの書いてないみたいなふりをする。ほかのことは何でも認める気なのにさ。ある部分を認めるんなら、全体を認めるっきゃないじゃないか。中途半端ですむことなんかないんだよ。中途半端に聖書を受け入れてさ。その部分がないみたいなふりするつもりなんだ。いいか、聖書を取り出して、開いて、何が書いてあるか見てみろよ。エイヴリーに訊いてみろ。説教師なんだから。そこに書いてあるって言うから。よき羊飼いなんだろう。聖書半分だけで姉ちゃんを天国に導くつもりじゃなければだけどな。

バーニース　マレーサ、櫛を持っておいで。ちゃんと熱くなってたらね。

マレーサが櫛を持ってくる。バーニースはマレーサの髪の手入れを始める。

ボーイ・ウィリー　エイヴリーのためにこれは言っとくぞ。あいつは自分の生き方を見つけた。俺はその生き方には反対だ。だけどあいつはもう決めたんだから、その生き方で調子よく進めばいいさ。畜生、パンと葡萄酒でもうけた金で、しまいにゃ百万長者になるかもな。

マレーサ　わあっ！

バーニース　じっとしてなさい、マレーサ。あんたが男の子だったら、こんなことしなくてすんだのに。

ボーイ・ウィリー　そんなことは言うもんじゃないぞ。なんだってこの子にそんなこと言うんだよ？

バーニース　あんたはこの子と関係ないの。

ボーイ・ウィリー　男の子だったらよかったのになんて、子どもの前で言ってさ。この子がどんな気持ちがすると思う？

バーニース　よけいなお世話よ。

ドーカー　ほっといてやれよ。なんで喧嘩をふっかけるんだ？　外に行って街のようすでも見て来いよ。みやげ話の種でも探せ。

ボーイ・ウィリー 俺はライモンがトラックを持って帰ってくるのを、待ってるんだ。おじさんこそ街のようすを見てくればいいじゃないか。あしたは仕事がないんだろう。おせっかい焼いてないで……あんたが出かければいいんだよ。金曜の夜だよ。

ドーカー ここにいて、おまえたちが殺し合いにならないように見張ってなくちゃな。

ボーイ・ウィリー 俺の心配なら要らないよ。ライモンがトラック持って帰るまでここにいるだけだから。バーニースに言っておけばよかったんだよ。そこに座って、マレーサが男だったらよかったなんて言ったりして。そんなこと子どもに言うことかよ。話したいなら、あのピアノのことを話してやればいいんだ。ピアノの話もしてないじゃないか。口にするのも恥ずかしいものみたいにさ。どこかにピアノを隠さなくちゃならないみたいにして。カレンダーに、チャールズとうさんが家にピアノを奪ってきた日に印をつけて、その日に印をつけて、丸で囲んでおけばいいんだよ……毎年、その日が来たらパーティをするんだ。お祝いをするんだ。あんたがそうしておけば、この子の人生、問題がなかったんだ。堂々とこのあたりを歩けたのさ。いいか、盛大なパーティだよ！ 誰でも招待してな！ その日に特別な意味を持たせて、忘れないようにするんだ。そうすれば、この子だって自分がこの世のどういう場所にいるのかわかるようになる。あんたはこの世にいるのが間違ってるみたいに感じさせてるんだよ。世の中に自分がいる場所なんかないみたいにさ。

バーニース あたしの子どもはあたしが面倒見るの。あんたは自分の子どもができたら、好きなように教えればいいじゃない。

ドーカーは自分の部屋に退場。

ボーイ・ウィリー　なんのために俺が子どもを作りたいなんて思うんだ？　こんな世の中に生きていくのは、もう俺だけで十分だ。よく聞けよ……俺がロックフェラーだったら四十人も五十人も子どもを作るだろうよ。毎日一人ずつだっていいさ。なんてったってそういう子どもは、いっぱい有利なものをもらって人生を始められるんだから。俺なんか誰かにやろうにも、そんな有利なものなんてありゃしない。俺はおやじがじっと手を見つめてるのを何度も見た。少し大きくなると、おやじが何を考えてるかわかるようになった。座ってこんなこと言ってたんだ、「こんなでっかい手をしてるけど、何に役立てればいいんだ？　俺にできるのは、せいぜいミスター・ストーヴァルのために五十エーカーの畑で穀物を作ることだ。何でもできるこんなでっかい手がある。この手で何かを作ることもできる。だが、道具はどこにある？　俺にあるのはこの手だけ。外に行って誰かを殺して、その持ち物でも奪わないかぎり……うんざりするほど仕事をしなくちゃ、自分の物は手に入らない。じゃあ、このでっかい手を何に役立てたらいいんだ？　さあどうする？」ってね。

いいかい……もしおやじが自分の土地を持ってたら、そんなふうには感じなかっただろうよ。自分のものだといえる土地を踏みしめていられたら、もっとしゃんと立つことができただろう。これが俺の言いたいことだ。畜生、大地はみんなのためにある。どうやって自分の土地を手に入れるかを考えさえすればいいんだ。人生の神秘なんてものじゃないんだ。外に出て、正々堂々と闘えばいいだけだ。自分の土地が手に入ったら、すべてがうまく収まるようになる。白人のすぐ隣にしっかり立って、綿の値段だの……天気だの何でも好きな話をすればいい。姉ちゃんが、この子に世の中のどん底で生きてるんだって教えたら、大きくなってあんたを憎むようになるぞ。

バーニース　あたしはほんとうのことを教えるんだわ。この子がいるのはどん底なんだってね。ただし、なにもそこにずっといなくたっていいんだから。（マレーサに）頭を反対側に向けて。

ボーイ・ウィリー　姉ちゃんはどん底かもしれないけど、俺は違う。俺はてっぺんで生きてるんだ。人生をどん底でつかんで、投げ出したりなんかしない。俺はこの世の中で、ほかのみんなと同じに生きてるんだ。俺に言わせりゃ、みんなより多少上のほうにいるんだがね。

バーニース　あんただってあたしたちと一緒よ。どん底にいるんだわ。

ボーイ・ウィリー　俺はこれははっきりさせておく……どんなやつにもいちゃもんはつけさせない。どん底が居場所だなんて思ったら、それに合わせた振る舞いをするようになる。そういう振る舞いをすれば、そこが居場所になってしまう。簡単なことだ。人生の神秘なんかじゃない。どうして姉ちゃんはそんなこと信じるようになったのかな。クローリーはそんな考えはしてなかった。あいつはどん底なんかで生きてなかった。チャールズとうさんだって、オーラかあさんだってどん底なんかで生きちゃいなかった。とうさんやかあさんがそんなことを言うのを、一度も聞いたことがないはずだ。姉ちゃんの今のことばを聞いたら、革ひもで殴るだろうよ。

ドーカーが自分の部屋から登場。

ボーイ・ウィリー　なあ、ドーカー……バーニースが黒人は世の中のどん底で生きてるって言うんだ。そういう考え方をすると……ほんとにそこにいることになっちゃうって、俺は思うんだ。おじさんはどん底にいるって思う？　自分のことそんなふうに考えてる？

ドーカー　俺は自分にできるいちばんいい暮らし方をしてる。どん底だの、てっぺんだの考えないんだ。

ボーイ・ウィリー　姉ちゃんに言いたいのはそのことだ。姉ちゃんの考え方はどこからきたんだよ？　なんだかエイヴリーが言いそうなことだな。エイヴリーは白人に感謝祭の日に七面鳥をもらったから、ほかのやつより偉いような気がしてる。そのおかげでどん底から這い上がれるような気になってる。俺は七面鳥なんかもらわなくていい。自分で手に入れるからな。だから、俺の邪魔しないでくれればいいんだ。七面鳥ぐらい二羽でも三羽でも手に入れてやる。

バーニース　あんたなんかニワトリだって無理よ、七面鳥を二羽、三羽なんてとんでもない。邪魔しないでくれだって。誰も邪魔なんかしてないじゃない。（マレーサに）頭をまっすぐにしなさい、マレーサ！　そんなに猫背にならないで。背筋をしゃんとしてなさい！（ボーイ・ウィリーに）あんたはしゃべってばかり。あんたは一生しゃべってるだけよ。

ボーイ・ウィリー　いいか……俺のことを話しとくからな。俺はまわりに合わせよう、合わせようとしてきた。あっちへ向いたりこっちへ向いたり。ちょっとの間ほっとできそうなら、なんでもよかった。欲しいのはそれだけだった。とにかく気楽にしてられればよかったんだ。だがな、俺はそんなために生まれてきたわけじゃない。厳しい火の時代に生まれたんだ。

この世の中は俺をぜんぜん必要としていない。そんなこと七歳のころから知ってる。俺なんかいないほうがましになるって言われてきたんだ。いいかい、姉ちゃんはそれを受け入れてる。世の中でまともに生きられるところまで、がんばって這い上がろうなんて思っている。冗談じゃない、俺がいるから世の中がましになってるんだ。俺は姉ちゃんみたいな考え方はしないぞ。俺にはここでドキドキ動いている心臓がある。俺の心臓だって、隣のやつのと同じように大きな音で動いてるんだ。そいつが白人だって、黒人だって関係ない。俺の心臓のほうがもっと大きな音をたてることだってある。大きな音をたてると、みんなに聞こえる。怖がるやつもいる、姉ちゃんみたいにな。ニグロの心臓がドキドキしてるのを聞いて怖くなるやつがいる。そいつらは、そんな心臓を鎮めるべきだって考えるんだ。鼓動を静かにさせて、なんでも今あるままの状態で受け入れろって。でもおふくろは無駄に俺を生んだんじゃない。じゃあ俺はどうすればいいんだ? 道に俺が通った印をつけておかなくちゃならないんだ。ちょうど木の幹に「ここにボーイ・ウィリーがいた」って彫るみたいにな。

こういうことさ、俺がピアノを使ってしたいのは。俺の印を道につけるんだ。ちょうどおやじがしたようにな。俺の心臓は、「ピアノを売って土地を手に入れろ、そうやって俺の人生を、俺のやり方で生きるんだ」って言ってる。姉ちゃんが何を言おうと、俺はこれ以外のことは考えない。

ドアにノックの音。ボーイ・ウィリーはドアのところに行き、ライモンかと思って乱暴に開く。エイヴリーが登場。聖書を持っている。

ボーイ・ウィリー　てめえ、どこに行ってたんだよ？　おっ……ライモンかと思った。おい、バーニース、お客さんだよ。

バーニース　さあ入って、エイヴリー。弟のことは気にしないでね。

ボーイ・ウィリー　おい……おい、エイヴリー……教えてくれ……聖書半分で天国に行けるのかい？

バーニース　ボーイ・ウィリー……ほっといてって言ったはずよ。

ボーイ・ウィリー　こいつに質問をしただけだ。答えられるはずだ。姉ちゃんに代わりに答えてもらう必要はないよ。エイヴリー……もし聖書の半分だけ信じて、あとの半分は受け入れたくなくても……神さまは天国に入れてくれるかい？　それとも聖書全体を信じなくちゃならないのかい？　姉ちゃんに言ってやってくれ……一部分しか信じなかったら……神さまの前に出たとき、どうして残りは信じないのかって訊かれて……それからまっすぐ地獄送りだろうって。

エイヴリー　もう一度生まれ直すんだ。キリストは言いたもう、生まれ直さずば人は神のもとには来られず、そして、わがことばを聞き、信じる者は火の奈落に落とされることあらず。

ボーイ・ウィリー　まさにそのとおりだよ。聖書は丸ごと信じなくちゃならないんだ。どんなことだって中途半端じゃダメだ。姉ちゃんは聖書半分で天国に行くつもりだ。（バーニースに）聞いたか……キリストは全部信じなくちゃダメだって言ってる。

バーニース　あんた、おせっかいばかり焼いてるわね。
ボーイ・ウィリー　俺は姉ちゃんのことなんか、かまっちゃいない。
ドーカー　さあ、エイヴリー、お入り。座って。どっちのことも気にしないで。このふたりは一日中喧嘩してるんだ。
バーニース　さあ入って、エイヴリー。
エイヴリー　みなさん、こんにちは。
バーニース　ほら、櫛をガス台に戻して。（エイヴリーに）ボーイ・ウィリーのことはかまわないで。あたしが仕事から帰ってからずっとここで、あたしにうるさくしてるの。
ボーイ・ウィリー　ボーイ・ウィリーはバーニースにうるさくしてない。誰もうるさがらせちゃいない。ライモンが帰ってくるのを待ってるだけだ。姉ちゃんのことなんかかまっちゃいない。こいつが俺のほうが正しいって言うのを聞いたのに、まだ信じたくないんだ。好きなようにでっち上げればいいさ。さあ、エイヴリーがいるよ……説教師だ……ほら、尋ねてみろよ。
エイヴリー　バーニースは聖書を信じている。洗礼も受けた。
ボーイ・ウィリー　目には目、歯には歯、命には命っていうところはどうなるんだ？　聖書に書いてあるだろう？
ドーカー　エイヴリー、銀行はどうだったね？
エイヴリー　すごくいい感じだった。バーニースにも言ったんだけど……融資できるだろうって言ってもらった。もう俺の仕事の上司と話をしたり、いろいろすんでいてね。

ドーカー　俺もバーニースに同じことを言ってたんだよ。あんたは毎日働いてるから、金を貸してもらえるはずだって。

エイヴリー　集会に集まる人が毎日増えてるんだ。バーニースは女性伝道師になるって言ってるし、自分の教会を建てたら、俺は結婚して落ち着ける。バーニースにはそう言ってある。

ドーカー　それはいい。あんたたちさっさと結婚すればいいんだよ。バーニースだって独りでいる必要もないんだから。いつもそう言ってるんだよ。

バーニース　結婚するとは言ってないからね。考えてみるって言っただけよ。

ドーカー　エイヴリーが自分の教会を建てたら、ふたりで立派にすればいいんだよ。（エイヴリーに）あんたが家を清めてくれるってバーニースが言ったけど。

エイヴリー　そう、聖書をずっと読んでみた。バーニースが、サターの幽霊を追い出せるかどうか、家に来て試してくれって言うんでね。

ボーイ・ウィリー　この家には幽霊なんかいないよ。姉ちゃんが空想してるだけだ。二階に行って幽霊がいるか見てみろよ。もしいたら百ドルやるよ。みんな姉ちゃんの妄想さ。

ドーカー　じゃあ、バーニースが納得いくようにしてやろう。エイヴリーが家を清めたらバーニースの気分がよくなるかどうか……それならかまわんだろう？

エイヴリー　マレーサも見たってバーニースが言うんだ。とにかく、聖書に家をお清めする箇所を見つけた。もし、サターがここにいるならそれで出て行くだろう。

ボーイ・ウィリー　おまえバーニースよりひどいな、そんなこと信じちゃってさ。「もしサターがいるなら」だなんて。二階に行けよ、探してみろよ。俺は行ってみたけど、いなかったぞ。おまえが聖書のことばを読めば、バーニースの頭から幽霊を追い出せるかもしれないって言うなら、そりゃ、おまえの言うとおりかもしれない。だけど、もしおまえが……

ドーカー　ボーイ・ウィリー、エイヴリー、静かにしたらどうだ。人のことになんでも口を出して。これはおまえには関係ないだろう。エイヴリーに思うようにさせたらいいじゃないか。

ボーイ・ウィリー　俺は止めてないよ。エイヴリーはからきし力なんかないさ。

エイヴリー　そう、わたしには力がない。神は力をお持ちだ！　神はあらゆる創造物に対して力を持っておられる。神はどんなことでもおできになる。神は言われる、「われが命ずるようにことはなるべし」。神は言われた、「光あれ」と、すると光があったんだ。この世を六日で創られ、七日目に休まれた。神は不思議な力をお持ちだ。生と死をつかさどっておられる。キリストはラザロを死者のなかから起きあがらせた。人びとは彼を埋葬しようとしていたんだ。キリストは彼に、「起きて歩け」と命じた。ラザロは起きて歩いた。すると人びとは神の偉大な力を大いによろこんだ。つまらない幽霊を追い出すことぐらい神にはわけなくできる！

ドアでノックの音。ボーイ・ウィリーが出る。ライモンがロープを一巻き持って登場。

ボーイ・ウィリー　どこ行ってたんだよ？　待ってたのに、どっかに隠れやがって。

ライモン　グレースにぱったり会ってさ。一杯おごってやったんだ。俺と一緒に映画に行くってさ。

ボーイ・ウィリー 俺はグレースなんかどうでもいいよ。
ライモン やあ、バーニース。
ボーイ・ウィリー ロープをよこせ。ピアノのこっち側を持ち上げろ。
ドーカー ボーイ・ウィリー、今はやめとけ。ピアノに触るな。
ボーイ・ウィリー そこの板を取れ、ライモン。どいててくれよ、ドーカー。

バーニースが階段へ退場。

ドーカー とにかくピアノは持ち出すな。どうやって持ち出すんだ? バーニースはピアノを売ることは承知してない。
ボーイ・ウィリー 承知しなくてもいいんだ。さあ、ライモン。片側ずつ持ち上げて、板に載せるんだ。板が下に滑り込まないように気をつけろよ。
ライモン ロープはどうする?
ボーイ・ウィリー ロープはまかせとけ。おまえは俺と一緒に、こっち側を持ち上げるんだ。

バーニースが階段から登場。片手をポケットに入れている。そこにはクローリーのピストルが入っている。

エイヴリー　ボーイ・ウィリー……バーニース……さあ、ふたりとも座って話し合ったらどうだ。

バーニース　話し合うことなんかないわ。

ボーイ・ウィリー　姉ちゃんとの話し合いはもう終わったんだ。あんたが精根尽きるまで話し合ってみたらどうだい、何も変わりゃしないから。ライモン、そっち側を持ち上げろ。ロープをそっちにまわして脚に縛れ。

ライモン　ちょっと待って……ちょっと待って。バーニースにも言い分があるよ。さあ、バーニース……ボーイ・ウィリーにピアノを運んでいいって言ったのかい？

バーニース　ボーイ・ウィリーにはこの家から何も持ち出させないわ、自分の体ひとつで出て行くのよ。さあ、やらせてみようじゃない。

ボーイ・ウィリー　ほら、ライモン、一緒にこっち側を持ち上げろ。（ライモンはどうしていいか決めかねて、立っている）おい、バカ！　なんだって突っ立ってるんだ？

ライモン　バーニースの言うとおりかもしれないな、ボーイ・ウィリー。売るべきじゃないかもしれない。

エイヴリー　みんな座って話し合うんだ。意見が一致するかどうかやってみるんだ。

ドーカー　俺もそう言ってたんだ。どっちかが相手の気持ちを尊重するってことだと思うな。

バーニース　あたしはボーイ・ウィリーにさっさと家から出て行って欲しいの。それがあたしの気持ち。さあ、それを尊重してよ。どっちみちここを出て行くんだから。

ボーイ・ウィリー　どっちみちってどういう意味だい？　どういう意味にとればいいんだ？　ピストル

なんか怖かないんだ。

ドーカー　ほら、バーニース、やつはほっとけ。

ボーイ・ウィリー　姉ちゃんの言うことなんか、知るか。俺の半分を売るんだから。姉ちゃんの半分もくっついてきちゃうのはどうしようもない。姉ちゃんの分を、ごまかそうってつもりじゃないよ。さあ、ライモン。

ライモン　バーニース……俺はやるしかないんだよ……こいつは金はあんたに半分渡すと言ってるし……こいつはサターの土地が欲しいんだ。

バーニース　ライモン、さあ、やるなら、やりなさいよ……あたしはボーイ・ウィリーにどうすればいいかもう言ったんだから。

ボーイ・ウィリー　ほら、ライモン……そっちにロープを掛けろ。

ライモン　ボーイ・ウィリー、ほんとにやる気かい？　俺は……間違ってるかもしれないけどさ……あんたその前にバーニースに撃たれちゃうと思うよ。

ボーイ・ウィリー　姉ちゃんは撃つしかないね。

バーニース　マレーサ、どいてなさい。ドーカー、その子をどかして。

ドーカー　ほら、ママの言うとおりにしなさい。

バーニース　その子をおじさんの部屋に入れておいて。

マレーサはドーカーの部屋に退場。ボーイ・ウィリーとライモンはピアノを持ち上げようとする。ドアが開き、ワイニングが登場。酔っている。

ワイニング　まったく、ここらの黒ん坊どもときたら！　俺はシーファスに寄った……。みんなが立ってパッチネック・レッドが来るとか話してた。みんな大急ぎで、ああだのこうだのパッチネック・レッドの噂して、歩道をはみ出しながら急いで帰って行った。俺、わかったんだ……誰のことだと思う？　タイラーあたりから来たジョン・Dのことだよ！　オーティス・スミスとつるんでまわってたやつだ。みんながやつのことを怖がってた。パッチネック・レッドって呼んでさ。俺が、一度、あの野郎の頭をぶん殴ったことがあるのを、誰も知らないんだ。

ボーイ・ウィリー　その板が滑らないように気をつけろよ、ライモン。

ライモン　俺はこっちを持った。そっち側を気をつけろ。

ワイニング　ヘイ、ボーイ・ウィリー。何か飲むものあるかね？　コートに酒ビンつっこんでるのはわかってるぞ。

ボーイ・ウィリー　ワイニング、どいてくれよ！

ワイニング　ヘイ、ドーカー、飲むものないか？　一杯くれよ。飲みたいんだ。

ドーカー　何飲んだか知らないけど、もう十分飲んだみたいじゃないか。飲むものないか、じゃないよ。どこか横になる場所を見つけたほうがいいんじゃないのか。

ワイニング　俺は横になるところなんか心配しちゃいない。バーニースの家ならいつだって横になるところはある。そうだよな、バーニース？

バーニース　ワイニング、どこかに座ってよ。外で一日中飲んでたんでしょ。スカンクみたいな匂いさせて帰って来て。そこに座ってよ。もう飲まなくていいわ。
ドーカー　バーニースは酒飲みが嫌いだって知ってるだろう。
ワイニング　俺はバーニースに無礼を働こうってんじゃないんだ。バーニース、俺が無礼かい？　愛想よくしようと思っただけだよ。一日中、他人と一緒だったけど家族みたいに扱ってくれた。家族のところに帰ってみるとどうだ、あんたたち俺を他人扱いするじゃないか。あんたのウィスキーが欲しいんじゃない。自分で買えるさ。相手して欲しいだけだ、ウィスキーじゃないよ。
ドーカー　貴様、二階に行って寝たらどうだ。それ以上飲むことはないだろう。
ワイニング　寝る気なんかない。俺とボーイ・ウィリーでパーティをすることになってんだ。そうだよな、ボーイ・ウィリー？　そう言ってやれよ。俺がピアノを弾いてやるぞ。見てろよ。

ワイニングはピアノの前に座る。

ボーイ・ウィリー　ほら、ワイニングったら！　俺とライモンでピアノを動かすところなんだ。
ワイニング　ちょっと待て……ちょっと待てよ。これは俺がクリオーサのために書いた曲だ。この曲をクリオーサをしのんで書いたんだ。

ワイニングは弾き語りする。

ヘイ、かわいい人　どうかしたのかい？
ゆうべの嵐で　綱がみんな切れちまった

言ってくれ　俺はどれだけ
待たなくちゃならんのか
今すぐで　いいのかい
ためらわなくちゃならんかね

ためらう靴と　ためらう靴下を脱ぎ
ためらう女が　ブルース歌い出すまで

言ってくれ　俺はどれだけ
待たなくちゃならんのか
今すぐ　キスしていいのかい
ためらわなくちゃならんかね[*9]

ボーイ・ウィリー　ほら、ワイニング、立って！　立つんだ！　俺たちはピアノを動かすんだよ。

ワイニング ダメ……ダメだ……このピアノは運ばせない！

ボーイ・ウィリー どいてくれよ、ワイニング。

ワイニングは背中をピアノに向けて、両腕を拡げてピアノにもたれかかる。

ワイニング あんたら、このピアノを家から運ばせないよ。運ぶなら俺ごと運べ！

ボーイ・ウィリー どいてくれ、ワイニング！ ドーカー、どけてくれよ！

ドアにノックの音。

バーニース つかまえたわ、ドーカー。ほら、ワイニングってば。ボーイ・ウィリーには、ピアノを運ばせないってもう言ってあるから。

バーニースはワイニングをピアノから引き離そうとする。

ワイニング 運ぶなら俺ごと運べ！

ドーカーがドアに出る。グレースが登場。

グレース　ライモンいるかしら？

ドーカー　ライモン。

ワイニング　やつにはピアノを運ばせない。

バーニース　あたしがそんなことさせないから。

グレース　戻って来るんだと思ってたのに。一日中トラックに座ってるなんていやよ。

ライモン　戻るって言っただろう。

グレース　（ボーイ・ウィリーに気づいて）あら、ボーイ・ウィリー。ライモンがもう南部に帰ったって言ったのよ。

ライモン　俺は帰る予定だって言ったんだ。もう帰ったなんて言ってないよ。

グレース　あんたそう言ったわよ。

バーニース　ライモン、おつれさんをどこか別のところに連れてって。

ライモン　バーニース、こちらグレースだ。あちらがバーニースだよ。ボーイ・ウィリーの姉さんのね。

グレース　どうぞよろしく。（ライモンに）あたし、一日中トラックに座ってるなんていやだわ。映画に連れて行くって約束でしょ。

ライモン　先にすませなくちゃならない用事があるって言っただろう。おまえは待ってるはずじゃないか。

バーニース　ライモン、さあ出て行って。グレースだか誰だか連れてね。とにかくあたしの家から出て行って。

ボーイ・ウィリー　おい、バカ、まず俺がピアノを動かすのを手伝えよ！

ライモン　（グレースに）俺はまずこいつがピアノを運ぶのを手伝わなくちゃならないんだ。

グレース以外の全員が突然サターの存在を感じる。

グレース　待っててあげないよ。すぐ戻るなんて言ったくせに。こんどはピアノを動かすだなんて。あんたもほかの男とおんなじじゃない。（グレースも何かを感じ始める）ここ、なんだか変ね。やっぱりこの家に戻って来なけりゃよかった。

グレースが退場。

ライモン　ねえ、グレース！　ボーイ・ウィリー、すぐ来るからな。

ボーイ・ウィリー　この野郎、どこ行くんだ？

ライモン　帰って来るから。グレースを家まで送らないとな。

ボーイ・ウィリー　おい、先にピアノを動かしてからだ！

ライモン　俺、グレースを家まで送らなくちゃ。帰って来るって言ってるだろう。

ライモンが退場。彼を呼びながらボーイ・ウィリーも退場。

ボーイ・ウィリー　おい、ライモン！　ヘイ……ライモン！　ライモン……ほら！

再びサターの存在が感じられる。

ワイニング　おい、ドーカー、感じたか？　おい、バーニース……寒気がしたかね？　おい、ドーカー

……

ドーカー　なんだって俺を呼ぶんだよ？

ワイニング　あれはきっとサターだ。

ドーカー　そうか、そのままそこにいさせろ。俺を面倒に巻き込まなきゃいいさ。

バーニース　エイヴリー、家にお清めをお願い。

ドーカー　あのピアノを清めてくれ。お清めが要るのはピアノだ。あれは面倒を起こすばっかりだ。清めるんだったら、まず、あのピアノだ。

ワイニング　おい、ドーカー、どうせなら、全部を清めさせろ。台所も……二階も。さあ、全部清めてくれ。

ボーイ・ウィリー　この家には幽霊なんかいない。エイヴリーは姉ちゃんの頭を清めろよ。清めが要る

のはその頭だ。

エイヴリー　あのピアノがすべての問題の原因みたいだ。あれを清めよう。バーニース、ビンに水を入れて。

エイヴリーは小さなビンをポケットから出し、バーニースに渡す。彼女は水を取りに台所に行く。エイヴリーはポケットから蠟燭を取り出して、灯をともす。水を受け取りながら、蠟燭をバーニースに渡す。

エイヴリー　この蠟燭を持って。何がなんでも消えないように注意して。

聖なる父よ、わたしたちは聖なる御名のもとに今晩ここに集い、ジェイムズ・サターという男の霊を追い出そうとしています。このビンの水が聖霊によって力を与えられますように。この一滴、一滴があらゆる悪の存在に対する武器と楯になり、この質素な家の清めと祝福となりますように。わが父なる神は祈り方を教えてくださいました。主は「わたしはおまえのために、その敵を前にして食卓を用意しよう」と言われます。わたしたちはサターと向き合うために、主の手にわたしたちを委ねます。善があるところでは、悪が四方へと吹き飛ばされるでしょう。

エイヴリーは命令するたびに、ピアノに水を撒く。

エイヴリー　サタンよ、わが背後に退け！　神の聖なる御名をわれらがあがめるとき、汝、正義の背後に退け！　汝、偽りの壁を打ち砕く真実の槌の背後に退け！　父よ。父よ。讃えよ。讃えよ。われらはキリストの御名をとおしてお願いし、聖霊の力を呼びます、聖書に書かれているとおり……（聖書を開いて読みあげる）我、清き水を汝等にそそぎて、汝等を清くならしめるべし。

ボーイ・ウィリー　なんて古くさい説教だ。畜生、ひと言「消えろ！」って言ってやればいいんだよ。

エイヴリーはボーイ・ウィリーが憤慨している間ずっと読み上げている。

エイヴリー　わたしが清い水をおまえたちの上に振りかけるとき、おまえたちは清められる。わたしはおまえたちを、すべての汚れとすべての偶像から清める。わたしはおまえたちに新しい心を与え、おまえたちの中に新しい霊を置く。わたしはおまえたちの体から石の心を取り除き、肉の心を与える。また、わたしの霊をおまえたちの中に置き、わたしの掟に従って歩ませ、わたしの裁きを守り行わせる。*10

ボーイ・ウィリーはガス台から水の入った鍋をつかんで、部屋のまわりに撒きちらし始める。

ボーイ・ウィリー　ヘイ、サター！　サター！　とっととこの家から失せやがれ！　サター！　さあこの水を浴びろ！　てめえは井戸で溺れたんだから、来い、この水もおまけにぶっかけてやる！

ボーイ・ウィリーは次第に狂暴になって、水を撒きながら部屋を走り、サターの名前を呼ぶ。エイヴリーは音読をつづける。

ボーイ・ウィリー　来い、サター！（階段を上り始める）ほら、水をぶっかけてやるぞ！　さあ来い、サター！

サターの幽霊の音が聞こえる。ボーイ・ウィリーが階段に近づくと、突然目に見えない力に突き飛ばされ、息が詰まる。もがいているうちに体が自由になると、彼は階段を駆け上がる。

ボーイ・ウィリー　来い、サター！

エイヴリー　（つづけて）わたしはおまえたちに新しい心を与え、おまえたちの中に新しい霊を置く。わたしはおまえたちの体から石の心を取り除き、肉の心を与える。また、わたしの霊をおまえたちの中に置き、わたしの掟に従って歩ませ、わたしの裁きを守り行わせる。

二階でボーイ・ウィリーがサターの幽霊と格闘を始める大きな物音がする。危険とこの上ない恐怖をはらんだ、生きるか死ぬかの格闘である。ボーイ・ウィリーは階段から投げ落とされる。エイヴリーは茫然として黙る。ボーイ・ウィリーは体勢を立てなおして、再び二階へ突撃する。

エイヴリー　バーニース、わたしには無理だ。

二階からはさらに音がする。ドーカーとワイニングは信じられないといった顔で、茫然として互いに見つめ合う。この瞬間、バーニースは古い記憶をたぐり、やっと何をすべきかを悟る。ピアノに歩み寄る。弾き始める。歌が断片的に甦る。昔ながらの歌への抑えがたい衝動に動かされて、命令するような、嘆願するような調子で歌う。繰り返すごとに歌は力強くなる。悪魔払いの呪文となるように、また、闘いの準備を整えるために歌う。一陣の風がふたつの世界を吹き抜ける。

バーニース　（歌って）

あたしを助けて
あたしを助けて
あたしを助けて
あたしを助けて
あたしを助けて
あたしを助けて
バーニースおばあさん
あたしを助けて

エスサーおばあさん
あたしを助けて
チャールズとうさん
あたしを助けて
オーラかあさん
あたしを助けて

あたしを助けて
あたしを助けて
あたしを助けて
あたしを助けて
あたしを助けて
あたしを助けて
あたしを助けて

汽車が近づく音がする。二階の物音が静まる。

ボーイ・ウィリー　来い、サター！　戻って来い、サター！

バーニースは歌い始める。

バーニース　ありがとう。
ありがとう。
ありがとう。

静けさが家を包む。マレーサがドーカーの部屋から登場。ボーイ・ウィリーは二階から登場。彼はバーニースがピアノに向かっているのを見て、一瞬立ち止まる。

バーニース　ありがとう。
ありがとう。

ボーイ・ウィリー　ワイニング、南部に帰る用意はいいか？　おい、ドーカー、汽車の時間は何時だい？

ドーカー　まだ汽車には間に合うよ。

マレーサがボーイ・ウィリーのところに行き、抱きつく。

ボーイ・ウィリー　おい、姉ちゃん……あんたとマレーサがピアノを弾くのをやめたら……ひょっとすると……俺もサターも戻ってくるかもしれないぞ。

ボーイ・ウィリーは退場。

バーニース　ありがとうね。

溶暗。

注

＊1　**スキップ・ジェイムズ**（1902－69）［ニーマイア・カーティス・「スキップ」ジェイムズ］カントリー・ブルースのアーティスト。高いファルセットを用いた、内省的なブルースで独自の境地を開く。ミシシッピ州の農場で生まれ、子どものころからギターを弾き、のちにピアノも覚える。後年、信仰生活に入るために音楽から離れた。「悪魔が俺の女房にとりついた」（Devil Got My Woman）「悪魔」（Devil）など。

＊2　**イエロードッグ**　イリノイ・セントラル鉄道のヤズー・デルタ線の別名。イエロードッグ線はサザン鉄道と、ミシシッピ州ムーアヘッドで交差する。この交差地点にまつわる、「サザン線とイエロードッグ線の交差するところに行くんだ」（Going where the Southern crosses the Yellow Dog）というフレーズを繰り返すブルースがそのあたりの民衆の間で歌われていた。一九〇三年、W・C・ハンディ（1873－1958）は、ミシシッピ州タトワイラーで、偶然、旅回りの黒人が、ギターの絃をナイフの刃でこすって不気味な音を作る独特の伴奏法で、これを歌うのを聞き、強い感銘を受けた。後にその曲を借用して発表した「イエロードッグ・ブルース」（Yellow Dog Blues）は、ハンディの代表作の一つとなり、この地点は、ブルースの世界ではよく知られるようになる。

＊3　**パーチマン囚人農場**　サンフラワー郡にあるミシシッピ州刑務所中最大の収容施設。有刺鉄線で囲われた農場では、かつて、鞭とショットガンの厳しい監視体制のもとで囚人に奴隷制時代を思わせる強制労働をさせたことで悪名高い。ここでの過酷な体験から、多くの口承物語やワークソング、ホラーソング、ブルースが生まれた。農場内でローマックス父子によって録音されたバーマ、タングル・アイなどの歌は、プリズン・ソングとして今も聞かれている。

＊4　**渡り労働者（ホーボー）**　鉄道や運河の建設の仕事や、農園での季節労働を求めて、あちらこちらに

移動する浮浪者たち。彼らの多くは、貨物列車の屋根や連結器にぶら下がって無賃乗車で移動した。彼らの何にも拘束されない放浪生活はカントリー・ミュージックの題材とされた。

＊5 **バータ・バータ**（Berta, Berta） 鍬を用いた集団農作業で歌われたワークソング。

＊6 **タングル・アイ**（1917− ）［ウォルター・ホートン］ ヴォーカル・ハーモニカ。＊3参照

＊7 **スタッガーリー**（スタッグ＝オ＝リーなどいくつかの呼び方がある） 伝説・民話上の都会で暗躍した黒人のならず者。冷酷非道ぶりで悪名高い。十九世紀末にウィリアム・ライオンズを銃で殺害した人物がモデルとされている。ブルースをはじめさまざまなジャンルの音楽の題材とされている。

＊8 **ダニエル** 紀元前六世紀、バビロニアで捕囚となり、ネブカドネザル王の夢判断をした預言者。神の代わりに王を礼拝することを拒んだため、獅子の洞窟に投げ込まれた。旧約聖書「ダニエル書」6章。

＊9 **ためらうブルース**（Hesitating Blues） 民衆に歌われていた古いブルースのメロディを基にしたW・C・ハンディの作品。

＊10 旧約聖書「エゼキエル書」36章25−27節。

あとがき

桑原　文子

アフリカ系アメリカ人オーガスト・ウィルソンの戯曲は、いつも黒人の家族と彼らをとりまく社会や文化を描いていながらも、人種の垣根を超えてアメリカ社会全体へと語りかけて、多くのアメリカ人の心をとらえることに成功した。空前の大ヒットとなった『フェンス』(*Fences*) についで、『ジョー・ターナーが来て行ってしまった』(*Joe Turner's Come and Gone*)、そして『ピアノ・レッスン』(*The Piano Lesson*) が矢継ぎ早にブロードウェイで上演され注目を集めた。伝統的に白人が支配してきたアメリカ商業演劇界で、いまやウィルソンはもっとも重要な劇作家のひとりとなった。彼はまた、黒人演劇に対する助成問題などでユダヤ人の劇評家ロバート・ブルースティンと論争をつづけ、一九九七年にはニューヨークのタウンホールで両者の公開討論会が催されるなど、劇場の外でも話題となっている。

『ピアノ・レッスン』の上演

『ピアノ・レッスン』は、一九八七年にユージン・オニール・シアターセンターのディレクターであり、イエール大学の演劇学部の主任であったロイド・リチャーズの演出で、イエール・レパートリー劇場で初演され、ひきつづき、ボストン、シカゴ、サン・ディエゴ、ロサンゼルスなどで二年間にわたる地方巡業を重ねた。その間の観客の反応や劇評を踏まえて、ウィルソンは最後のワシントン公演の間に幕切れ場面を書き換えた。

改訂前はボーイ・ウィリーがサターの亡霊と戦うところで幕になるオープンエンディングであった。勝敗不明のままという結末が曖昧であるとの批評に応えて、格闘の最中にバーニースが助けを求めてピアノを弾くと、黒人の先祖たちの霊の力が白人のサターの亡霊を撃退してくれ、ボーイ・ウィリーはピアノを売ることをあきらめて南部に帰る、という結末部分がつけ加えられた。

この改訂版は一九九〇年四月六日、ブロードウェイのウォルター・カー劇場で、同じくロイド・リチャーズの演出で上演された。長すぎる、あるいは、超自然現象による結末は説得力に欠けるなどの批判もあったが、大方の評判は上々で、オープニングの夜から各紙の劇評欄はこの新作を激賞している。この芝居の最大の魅力として、多くの批評家が台詞作りの見事さをあげている。台詞はどの部分も黒人の日常の会話をそのまま切り取ったような自然さで、しかも詩的な響きがある。また、ボーイ・ウィリー役を演じたチャールズ・S・ダットンの演技も好評を博した。個性にぴったりの役柄を与えられたダットンは、竜巻のように豊かな感情表現で天衣無縫の野生児ぶりを発揮した。『ピアノ・レッスン』は『フェンス』につづき、二度目のピュリッツァー賞をはじめ、ニューヨーク劇評家賞、ドラマ・デスク賞など多くの演劇賞を獲得することになった。

四つのBの影響

独学で劇作の道を模索してきたウィルソンは、もっとも影響を受けたものとして、しばしば四つの

B、Blues（ブルース）、Bearden（ロミア・ベアデン（1912－88）黒人の造形美術家）、Baraka（イマム・アミリ・バラカ（1934－）リーロイ・ジョーンズから改名。黒人の詩人、劇作家、ブラック・ナショナリスト）、Borges（ホルへ・ルイス・ボルヘス（1899－1986）アルゼンチンの小説家）をあげている。なかでもブルース、とりわけベッシー・スミスの歌とベアデンのコラージュ作品と出会ったことは、彼の創作活動に重要な意味を持っていた。訳者は一九九八年にシアトルのウィルソンの事務所で、演劇観や作劇法についてインタビューをする機会があったが、その折に、ブルースとベアデンからの影響をウィルソンはつぎのように語った。

ブルース

二十歳のころウィルソンは、ピッツバーグのブラックゲットーの下宿屋に住み、皿洗いやポーターなどをしながら詩を書いていた。たまたま手にした中古レコードで初めてベッシー・スミスのレコードを聞いた彼は、その美しさに衝撃をうけ、これこそが「自分の歌なのだ」と思ったという。「ベッシー・スミスのブルースは、私にとってただの音楽ではなく、なぜ歌を歌うのかを考えさせ、その歌がいかに人生を肯定しているかに気づかせました。彼女の歌を聞いているうちに、こういう歌を生み出した人びとが共有する文化について考えるようになり、私たち黒人の文化の価値を認識したのです。文字どおり私にとってあらゆるものが異なって見え始めました。私は自分自身をそれまでとは違った見方をするようになりました。自分はひとりではないのだ、このすばらしい音楽を創り出した人びとの、アフリカにまで至る長い長い列につながっているのだ、と悟ったのです。このとき以来、黒人であることを誇らしく思うようになったのでした。ブルースにはアフリカ系アメリカ人がアメリカで体験したことのすべてが語られています。ですから、ブルースは黒人の聖典ともいうべきものだと私は思っています。ブルースは黒人の文化、ものの考え方を歌い伝えるものです。私の戯曲はブルースからはかり知れないほど影響を受けています。私は、黒人の人生観、知恵、ユーモアがつまったブルースを聞きながら、歌詞の背後にある情景を想像します。私の作品のすべての登場人物の考え方や生き方は、ブルースからとったと言ってもいいのです」と語った。

たしかにウィルソンの作品世界は、ブルースと深くかかわっている。『マ・レイニーのブラック・ボトム』（*Ma Rainey's Black Bottom*）はブルースの母、マ・レイニーのレコーディング風景を描いたものであり、『七つのギター』（*Seven Guitars*）は栄光への道を歩み出す寸前に殺されたブルース歌手の話である。『ピアノ・レッスン』も、W・C・ハンディの歌にあるサザン線とイエロードッグ線が交差する地点のモチーフをはじめ、一幕二場で男たちが歌うパーチマン囚人農場のワークソングなど、さまざまな場面で黒人の歌の伝統が色濃く現れている。

コラージュの手法

ロミア・ベアデンの作品も、ブルースにおとらず決定的な影響をあたえた。幼年期をウィルソンと同じピッツバーグで過ごしたベアデンは、後年、「ピッツバーグの思い出」と題した一連のコラージュ作品を発表した。写真や紙などを切り張りして、複雑に合成した人物の顔、鳥、蛇、ニワトリ、ギター、樹木などを生命力に満ちた色彩で表現したものである。アメリカ黒人の文化をどのような形で表現するか悩んでいたウィルソンは、ベアデンの作品に横溢している黒人の生活の豊潤さに感銘を受けた。

ウィルソンによれば、『ピアノ・レッスン』はベアデンの同名の作品から、『ジョー・ターナーは来て行ってしまった』は「製鉄所労働者の弁当入れ」から直接、着想を得たという。

ベアデンの「ピアノ・レッスン」は、アップライトピアノの前に座る黒人の女性の肩に手を置いて、背後から覗きこむように立っているもう一人の黒人女性を、アンリ・マチスのような色調で描いたものだ。ここから湧いたインスピレーションを基にウィルソンは、コラージュの手法で戯曲を書いた。

「私の創作はたいていの場合、なにかの台詞を思いつくところから始まります。その段階では、その人物の名前も、どういう人物かもわかりません。その人物が話すことばにただ耳を傾けます。私は、劇作家として、人物を創り出したり、操ったりすることはしません。人物が自然にしゃべり出し、他の人物との関係を築いていくのを、頭のなかで聞こえたとおりに書くのです。劇を書いている間は、どんな物語が展開するのか、どんなことが起きるのか、知らないのですが、わからないことがあると、私は登場人物に訊ねます。そして彼らが語るたくさんの台詞のなかから、ストーリーを作るのに必要な台詞を選んで、それらを書きとめていくというのが私のやり方です。

私はベアデンの絵を見て、まず、ピアノを弾いている少女のかたわらに立っているのは母親だと想定しました。そこから「さあ、マレーサ、ピアノの練習をしなさい」という台詞が浮かんだのです。そこでひとつの疑問が起きました。「自己の過去を否定しながら、自己の尊厳を保つことができるか」ということでした。私はその問題を検討するための状況を創ろうと思ったのです。過去の歴史を刻んだピアノが思い浮かび、過去の遺産をどう扱うか、どのようにすれば遺産をもっともよく活用できるのかをテーマに、遺産をめぐって対立する意見を劇にしようと考えました。姉のバーニースはピアノに触れないようにしていると同時に、ピアノにしがみついてもいます。彼女はピアノにまつわる一家の歴史を否定しています。だからこそピアノの来歴をその娘に語っていないのです。家族の歴史を知らずに育つということは、自分が誰かを知らずに育つのと同じことです。姉は歴史を否定して生きている人間として創り、それに対抗する人物として、ピアノを売って先祖が奴隷として働かされていた農地を買おうとする弟のボーイ・ウィリーが登場し、さらに他の人物がだんだんに生まれてきました」と具体的な創作の過程を語った。

アメリカ黒人の二十世紀の年代記

ウィルソンは、奴隷解放以降の黒人の体験をほぼ十年ごとに区切って、それぞれの時期に黒人が直面した重要な問題に焦点を当てて戯曲を書いている。十作で百年、二十世紀のアメリカ史を黒人の視点からとらえた年代記の完成を目指しているところだ。すでに七本が上演されている。

『ピアノ・レッスン』の舞台は、一九三七年、北部の都市ピッツバーグである。豊かさと自由を夢見て、南部の農村から北部の都市へと解放された奴隷たちが大移動したのは、今世紀はじめのことであったが、人種差別の壁にはばまれながらも、三十年代には彼らは北部の社会に組み込まれていった。しかし、一九二九年の大恐慌後の不況のなかで、人種間の経済格差は拡大し、北部へと移住する黒人の大きな流れとは逆に、南部へ向かうUターン現象が見られるようになった。

芝居は、弟ボーイ・ウィリーが南部からおんぼろトラックにスイカを満載して、北部の姉バーニースと叔父ドーカーの家を訪ねてくるところから始まる。舞台中央に据えられたアフリカ風の彫刻をほどこした見事なピアノをめぐってストーリーが展開する。母の苦難を思い、悲惨な過去の形見としてピアノを手放すまいとする姉に対して、弟は、父が命を賭けて遺してくれたピアノを売って、土地を手に入れ、確固たる未来への基盤を築きたい。都市に静かに根を下ろそうとしている姉と、あくまで白人と対等であることを主張しながら、南部の農村にたくましく生きようとする弟は、ことごとく対立する。

ピアノには、奴隷所有者の子孫、サターの幽霊がとり憑いていて、ときどき光と音でその存在を明らかにして人びとを驚かせる。現実的な生活のなかに超自然現象が混ざり合った舞台では、男たちがにぎやかに酒を飲み、ピアノを弾きながら歌い、それぞれの人生のエピソードを語る。さすらいのギャンブラー、ワイニングの長広舌、世捨て人のようなドーカーの鉄道の話、教会建設に意欲を燃やすエイヴリーが説教師になったいきさつ、黒人を苦しめる白人たちを井戸に突き落とすイエロードッグの幽霊の伝説など、劇はあちらこちらに蛇行しながら進む。黒人の一家が流した血と涙がしみこんだピアノを中心に、この時代を生きる黒人たちが、過去の遺産をどのように受け継いでいくのか、いかにそれを現在に活かし、未来へつなげてゆくのかという主題が浮かび上がってくるのである。

『ピアノ・レッスン』という題は、バーニースがその娘に教えるピアノの稽古であり、また奴隷制時代以来の苛酷な道程を刻んだピアノを通じて、黒人の子孫に伝えられる人生の教訓でもあり、さらにアメリカ黒人の歴史が人類全体に語りかける教えでもある。

なお、ウィルソンの原作では、ボーイ・ウィリーの父の名前は、パパ・ボーイ・チャールズ、祖父は、パパ・ボーイ・ウィリー、叔父は、ワイニング・ボーイとなっているが、それらをカタカナで表記したときの紛らわしさと長さの問題から、チャールズとうさん、ウィリーおじいさん、ワイニングとした。それに準じて、母、ママ・オーラはオーラかあさんとし、祖母のママ・バーニースはバーニースおばあさん、また先祖のママ・エスサーは、エスサーおばあさんと訳した。

この作品は、オーガスト・ウィルソン脚本、ロイド・リチャーズ監督、チャールズ・S・ダットン（ボーイ・ウィリー役）とアルフリ・ウッダード（バーニース役）出演で、テレビ放映された。現在、ホールマーク社のホームビデオ・シリーズとしてアメリカで発売されている。

出版に際しては、而立書房の宮永捷氏にたいへんお世話になった。黒人特有の口語表現については、多くの方に力を貸していただいた。心より感謝を申し上げたい。

オーガスト・ウィルソン（August Wilson）
1945年アメリカ、ペンシルベニア州生まれ。父はドイツ生まれの白人のパン職人で、母は黒人。
ピッツバーグのブラックゲットーで育つ。人種的偏見に反発して15歳で学校を中退した後、詩を書く。マルコム・Xの思想に心酔し、ブラック・ホライゾンズ・シアター・カンパニーの創設に参加。独学で戯曲を書き始める。
『フェンス』、『ジョー・ターナーは来て行ってしまった』『七つのギター』など。二度のピュリッツァー賞をはじめ、多くの演劇賞を受賞。

桑原文子（くわはら・あやこ）
1945年生まれ。
東京都立大学大学院修了（英米演劇専攻）東洋大学文学部教授。
著書『アメリカは楽しかった』（サイマル出版会）、訳書『フェンス』（而立書房）、句文集『この世は舞台』（蝸牛社）、四行連詩集『うたう渦まき』（木島始と共著、蝸牛社）など。

The Piano Lesson
by August Wilson

ピアノ・レッスン

2000年10月25日　第1刷発行

定　価　本体1500円＋税
著　者　オーガスト・ウィルソン
訳　者　桑原文子
発行者　宮永捷
発行所　有限会社而立書房
　　　　東京都千代田区猿楽町2丁目4番2号
　　　　電話 03（3291）5589／FAX03（3292）8782
　　　　振替 00190-7-174567
印　刷　有限会社科学図書
製　本　大口製本印刷株式会社

落丁・乱丁本はおとりかえいたします。

ISBN 4-88059-272-2 C0074
装幀・神田昇和